허
세
의
힘

허세의 힘

초판 발행　　　　2019년 2월 25일
개정증보판 발행　　2019년 6월 18일

지은이　　　고선윤
펴낸이　　　김상철
발행처　　　스타북스
등록번호　　제300-2006-00104호
주소　　　　서울특별시 종로구 종로1가 르메이에르 1117호
전화　　　　02) 735-1312
팩스　　　　02) 735-5501
이메일　　　starbooks22@naver.com
ISBN　　　979-11-5795-447-6 03810

• 잘못 만들어진 책은 본사나 구입하신 서점에서 교환하여 드립니다.
　이 책은 저작권법에 의해 보호를 받는 저작물이므로 무단전재와 무단복제를 금합니다.

• 이 도서의 국립중앙도서관 출판예정도서목록(CIP)은 서지정보유통지원시스템 홈페이지
　(http://seoji.nl.go.kr)와 국가자료공동목록시스템(http://www.nl.go.kr/kolisnet)에서 이용
　하실 수 있습니다.(CIP제어번호 : CIP2019005713)

허세의 힘

고선윤 지음

스타북스

이건 바로 내 이야기다

중앙의대 명예교수 // 유석희

　고 교수와 나는, 〈계간수필〉을 발간하는 '수필문우회'에 지금은 돌아가신 고봉진 전 회장님의 권으로 입회한 동기이다. 그래서 항상 나하고 맞먹으려 하나, 엄연히 중앙의대 제자의 부인이니 내가 당연히 한 끗발은 위인 셈이다. 고 교수는 정말 바쁜 사람이다. 대학에서 학생들을 가르치고, 한 남자의 아내로 역할을 다하며, 애들의 엄마로 뒷바라지를 하다가 지금은 아들도 대학생이고, 딸은 일본에 유학 중이라 조금 시간이 난다고 하였다. 그러다 더럭 '국경없는 교육가회'의 멤버로 아프리카 어린 아이들의 교육에 관심을 가지며 어떻게 하면 실제적인 도움을 줄 수가 있을까 고민하다 케냐의 일자리 창출을 위해서 돼지농장주가 되었다.

　고 교수의 순발력은 운전하는 차를 타보면, 요령껏 재치 있게 운전하는 모습을 보면 그대로 알 수가 있다. 고 교수는 무엇인가 생각이 떠오르면 성씨 따라 무조건 "go"다. 부닥치면 일단 한번 붙고야 마는 싸움닭이랄까? 또 오지랖이 넓기로는 대한민국에 둘째가라면 서러워할 사람이다.

전주국제영화제의 음악회에서 능숙하게 사회를 보고, 그 덕분에 66년부터 서울생활에서 처음으로 KBS 홀의 공연도 구경할 수가 있었다. 자주 돈 주고 가는 예술의 전당에도 공짜로 좋은 자리에 초청을 받았다. 출판기념회에 갔더니 소개하는 분들마다 모두 한 가닥 하시는 분들이었다. 일본 전문가가 이제는 아프리카 대륙까지 접수하였으니 전국구가 아니라 범국가 오지랖이다.

자신의 전공인 일본에 대한 이야기를 담은 글을 몇 권 쓰고 나니, 자신만의 수필을 쓰기로 하였다 해서 먼저 반가운 마음이 든다. 피천득은 "수필은 청춘의 글이 아니요, 서른여섯 살 중년 고개를 넘어선 사람의 글이다"고 했다. 고 교수도 그 나이가 지나

지천명이 되었으니 딱 쓰기 좋은 때이다. 한편 수필의 재료는 생활 경험, 자연 관찰, 인간성이나 사회 현상에 대한 새로운 발견 등 무엇이나 좋을 것이라 하였으니 글 소재의 풍부함은 보지 않아도 알 수가 있을 정도이다. 〈쉽게 수필 쓰는 법〉에서 김창현은, 수필은 글자 그대로 마음 따라 붓 따라 가면 된다고 하였다.

이 수필집에는 다른 이들보다 훨씬 치열한 삶을 살아온 맹렬고 교수의 진솔한 이야기들이 녹아 있어서 읽다보니 이건 바로 내이야기다. 40년이나 살던 집에서 이사를 준비하며 처분을 고민하였던 '노리다께' 홈세트를 생각하면 '피식' 웃음이 나온다. 그 할머니에 대한 이야기가 내 어머니의 이야기가 되고 자식들의 이야기는 우리 애들 어릴 적과 어찌 그리 닮았는지. 하나 아쉬운 점은 너무 읽기 쉽게 쓰여 있어 책을 사지 않고 책방 서가에 기대어 보지나 않을까 걱정이 된다.

| 추천사 |

온전히 여자 이야기

작가 // 공원국

이 글은 옅은 물감으로 그린 도시의 풍경화다. 한번씩 붓질을 할 때마다 모자이크 조각들이 잔잔한 한 폭의 그림으로 변해간다.

무엇보다 이 글은 온전히 여자 이야기다. 시집갈 때 쓰라고 엄마가 준 그릇을 하나하나 깨 먹던 처녀가 그릇 부딪히는 소리에도 가슴이 철렁하는 주부가 되고, 마침내 누군가의 엄마가 되는 이야기. 자식을 위해서는 무엇이든 다 하고픈 엄마지만, "내 친구들이 사는 일본은 평범한 가정의 아줌마가 기러기 아빠니 원정출산이니 그런 것을 생각하는 나라는 아니다"라며 마음을 고쳐먹는 조금 자존심 있는 여자, 부쩍부쩍 크는 딸을 위해 세일하는 틈을 타서 똑 같은 구두를 크기 별로 네 쌍이나 사 두는 좀 넘치게 알뜰한 여자, "주부는 주인이라는 뜻이지"라며 동네 스포츠센터에서 유일하게 누리던 수건 한 장 더 쓰는 사치를 포기하는 좀 착한 여자의 이야기다.

그녀의 글에서 나는 독특한 향기의 근원은 무엇일까 생각해보다가, 도쿄의 작은 동네 길을 떠올렸다. 중학교 1학년 나이에 아버지를 여의고 엄마와 함께 동생을 키워냈던 시절 이국의 거리. 눈에 독기를 품고 칼부림하는 사무라이 남정네의 거리가 아니라, 몇십 년 간 한 곳에서 국물을 우려내는 엄마 같은 우동집이 있는 거리를.

〈파우스트〉의 마지막 구절로 그녀가 내민 글에 답한다.

"영원히 여성적인 것이 우리를 구원하리라."

허세가 아닌 실세가 되길

역사책방 주인 // 백영란

　서촌에 책방을 열고 맺은 인연이다. 같은 시대 같은 학교를 다녔지만 그 당시는 알지 못했던 후배다. 일본문학을 전공했고, 그와 관련해서 저술한 책을 몇 권 가져와서 이런저런 이야기를 하다가 서로 알아가는 시간을 가졌다. 30년 전에도 만날 수 있었던 인연이지만 지금 만나서 더 좋은 거 같다. 둘 다 엄마가 되고 사회생활을 하면서, 이른바 '어른'이 되어서 희로애락을 함께 나눌 수 있으니 말이다.

　항상 웃고 활기차다. 그녀의 옆에는 좋은 사람이 많다. 하루는 백발 노교수와 함께 와서 와인을 마시고 아프리카를 이야기했다. 하루는 남편이랑 와서 소박한 점심을 먹고 갔다. 누군가의 책을 전해준다고 커다란 박스를 들고 왔을 때는 긴 하루의 피곤함을 여실히 드러내면서도 기뻐하고 있었다. 시내에 아지트가 생겼다면서 오다가다 들리는 일이 많았는데 항상 유쾌한 친구들이랑 함께였다.

하루는 책방 문을 닫으려고 하는데, 화장끼 없는 얼굴에 운동화를 신고 와서는 나에게 "언니"라고 했다. 이유 없는 눈물이 살짝 보이고 외로움을 뚝뚝 떨어뜨렸다. 이날 이후 나는 그녀를 더 많이 가깝게 느꼈다.

나는 그녀의 글을 읽고 싶었다. 지식이 아닌 깊은 감정을 담은 솔직한 이야기를 읽고 싶었다. 그래서 동그란 뿔테 안경을 벗고 좀 더 자유롭게 날개를 펴라고 했다. 가슴의 소리를 숨기지 말고 외쳐보라고 했다. 그리고 한참 지난 어느 날 신사 한 분을 모시고 왔다. 스타벅스 사장님이라고 소개했고, 수필집을 준비한다면서 표지를 어찌할 것인지 궁리했다. 나도 신나서 이것저것 거들었다. 수필집이라니 그녀가 참고만 있었던 가슴의 그 이야기들을 내뱉을 것이 분명했다.

나는 알고 있었다. 어린 시절의 오랜 외국생활, 아버지가 없는 빈자리, 열심히 앞만 보고 살아온 시간, 그래서 자신보다는 남을 더 많이 생각하는 사람. 스스로 만든 상자 속에서 벗어나고 싶어 하면서도 벗어나지 못하는 사람이라는 것을.

'든든한 내편' '슬픔이 아닌 두려움' '사진 한 장의 무게'를 읽는데 코가 찡했다. '엄마의 특별한 오감' '아들을 위해서 기도하고 싶다'는 엄마로서의 모습을, '거울' '존재가치'에서는 그녀가 세상을 보는 눈을 읽었다. '신통한 점쟁이' '병아리 졸졸졸'에서는 그녀의 일상을 엿보았다. 꼭꼭 가슴 깊이 숨긴 이야기들을 담담하게 그린 글들을 보면서, "이제는 상자 속에서 벗어날 때"라고, 더 흐트러지고 더 멋대로 살라고 말했다. 이 책을 통해서 더 행복해지기를 바란다. 허세가 아니라 실세가 되기를 ….

오지랖이 세계를 구원하리라

매일경제신문 정치부 기자 // 김기철

휴대폰에 '고선윤'이라는 세 글자가 뜨면 동시에 머릿속에 기대감 같은 것이 부풀어 오른다. "또 무슨 신나는 일을 하려고 그러시나?" 그래서 늘 놀랄 준비를 하고 전화를 받는다. 놀랄 만반의 준비를 하고 전화를 받는데도 선배가 전하는 새로운 뉴스는 늘 기대를 저버리지 않았다. 그런데 이번 전화는 받지 말 걸 그랬다. 크리스마스날 아침 휴대폰에 선배의 이름이 뜨길래 산타클로스처럼 선물이라도 전해 줄까봐 냉큼 받았다.

"기철아, 내가 이번에 또 사고를 쳤어."

"네? 사고요? 무슨?"

"응, 내가 어쩌다가 수필집까지 내게 됐어. 근데 니가 추천사를 좀 써줘야겠다."

결국, 승낙을 하고 말았다. 전화를 끊고 생각했다. 책의 추천사를 쓰는 일이 나에게는 아무리 생각해도 주제넘은 일인 것 같은데 거절을 하지 못한 이유가 무엇인가? 나는 그것의 정체를 선배가 가지고 있는 '선한 에너지'라고 생각한다.

선배는 '오지랖'이 넓다. 요새말로 '오지라퍼'다. '오지라퍼'라고 하면 남의 일에 괜히 참견하는 사람을 가리키지만 선배는 그와는 다른 '오지라퍼'다. 다른 사람의 기쁨은 마음을 다해 축하해주고, 다른 사람의 아픔은 함께 나누려고 하는 오지라퍼다. 늘 좋은 사람들을 모으고, 그들을 연결하고, 그 연결된 힘으로 의미 있는 일을 꾸미려는 오지라퍼다. 그래서 선배 곁에는 늘 사람이 모이고, 사람이 모이니 자연히 되는 일들도 많다. 선배의 '오지랖'에 한반도는 물론 현해탄도 너무 좁다. 이제 그 오지랖이 아프리카로까지 영토를 확장했다.

선배는 막내의 대학합격 소식을 듣자마자 꽁꽁 숨겨둔 '자유의 열쇠'를 꺼냈다고 한다. 그 자유의 열쇠로 처음 열고 들어간 곳이 '국경없는 교육가회'라는 이름도 거창한 NGO였다. 선배는 "내 앞가림이나 해야지 무슨 오지랖이냐는 생각에 내 배부터 채우고 내 새끼 챙기는 일 외에는 눈을 감았다"고 말하지만 EWB를 만나 오지라퍼로서의 능력을 본격적으로 증명해 보이고 있는 듯하다. 그리하여 지금은 부르키나파소 카보레 대통령과 미합중국 대통령의 스케줄까지 신경 써야할 수준에 이르렀다.

이 책을 읽으면서 고 선배가 다른 사람들이 손 내밀어주기를 기다리기 보다는 먼저 손을 내밀어주는 사람이 된 이유를 짐작할 수 있었다. 초등학교까지 한국에서 살다가 가족과 함께 일본으로 가고, 거기서 중고등학교 시절을 보낸 뒤 다시 한국으로 대학을 오는 인생의 행로 속에서 선배는 외롭지 않기 위해 먼저 사람들에게 다가가는 사람이 된 것 같다.

선배는 커다란 감나무가 있던 외갓집으로, 아버지가 하얀 뼛

가루로 돌아온 화장장으로, 중고등학교 시절 거닐던 도쿄의 뒷 거리로, 80년대 초 최루탄 냄새 가득하던 서울의 대학 캠퍼스로, 입대한 아들과 만난 군대 훈련소로, 시부모님이 있는 요양원과 실버타운으로 우리를 이끌면서 그곳에서 건져 올린 이야기를 들려준다. 선배는 이야기를 통해 삶의 가치는 찾는 것이 아니라 만들어가는 것이라고 말해준다.

휴대폰에 '고선윤' 세 글자가 뜨면, 나는 여전히 놀랄 준비를 하고 전화를 받을 것이다. 선배는 오늘도 삶의 가치를 만들고 있을 테니.

'허세의 힘'이라는 제목을 정하고, 내 머릿속에는 '허세'라는 단어만 아롱거렸다. 햇빛을 가득 담은 빨래를 한바구니 개키면서 "홀라당 뒤집어 놓은 이 속옷은 허세일까?"라고 중얼거리자, 텔레비전 앞에서 뒹굴뒹굴하는 사람이 "허세는 무슨…"이라며 가당치도 않다는 표정을 지었다. 그나저나 '허세', 그게 무엇일까. 여우가 호랑이의 위세를 빌려 호기를 부린다는 사자성어 호가호위(狐假虎威)를 생각하면서 양말짝을 찾아서 맞추고 또 맞추었다.

하루는 여럿이 모인 자리에서 "당신의 허세는 무엇입니까?"라는 질문을 던졌다. 이 말이 떨어지게 무섭게 "나는 끼니를 거르는 일은 있어도 잘난 척하는 것을 거르는 일은 없지요"라는 말에 웃음이 터졌다. 그렇다. '허세'는 '잘난 척' 없이는 말할 수 없는 단어다. 으스대다, 우쭐거리다, 뽐내다, 거드름을 피우다 등등의 유치한 단어를 품고 있어야 제 맛이다. 단 이것이 상대에게 어떻게 읽히는가는 모르는 일이다. 잘 꾸민 허세인데 상대가 허세라고 알아버리면 그건 낭패다. 나는 재미로 부리는 허세인데 상대가 심각하게 받아들인다면 이거 역시 재미없다. 귀여운 허세라고 받아주면 좋은 일인데 말이다. 혼자가 아니라 타인을 의식해서 이루어지는 행위인 만큼 쉬운 일이 아니다. 허점이 보여서 어설프고 부족한 사람으로 낙인찍힐 수도 있는 일이다.

"소주 3병이 주량이라고 우긴다."

"역시 화장발."

"모자"

"나는 허세를 부리지 않는 사람이라고 허세를 부린다."

이런 말들이 툭툭 튀어나오는데, 한 친구가 "고선윤의 허세는?"

이라고 되물었다. 짓궂은 이 친구에게 살짝 웃음을 짓고 "너의 절친한 친구라고 과시하는 일"이라고 했더니 싫지는 않다는 표정을 지었다.

"나의 허세는 모자"라는 언니가 "가끔 모자 쓴 제 모습을 바라보는 한줄기의 묘한 시선을 즐깁니다"는 솔직한 말에 귀를 기울였다. "머리 손질이 마음에 안 들어서 또는 하나 둘 생겨나는 흰머리를 염색약으로 굳이 숨겨야 하나 하는 생각에 쓰는 날도 있지만, 지금의 이 허세를 허세로 끝내고 싶진 않습니다. 자연스레 제게 스며들어 제 자존심이 되게 하렵니다." 이 말에 박수가 쏟아졌다. 더 이상의 설명은 필요 없었다.

〈허세의 힘〉에는 매 페이지마다 오지랖을 더한 나의 허세가 가득하다. 나는 지금 똥배를 꽉 죄는 코르셋을 하고 글을 다듬고

있다. 외롭지 않은 척 힘들지 않은 척 얼마나 더 허세를 잘 부려
야 '오롯이 고선윤'이 될까. 이런 생각을 하면서 핑크색 표지에서
반짝이는 독수리는 나의 자존심이고 싶다.

2019년

고선윤

I 든든한 내편

II 허세의 힘

III 여자 그리고 남자

VI 오바마의 스케줄이 궁금하다

ARRIVAL
I
APPROVED

든든한
내편

든든한 내편

우리 할머니

옆집 현관문이 살짝 열려 있었나 보다. 구두소리를 듣고 강아지가 튀어나와 캉캉 짖으면서 달려들었다. 깜짝 놀란 나는 "엄마야~"하고 호들갑을 떨었고, 이 소리를 들은 우리 할머니는 맨발에 주걱을 들고 강아지 뒤를 쫓았다. 강아지 주인 역시 그 뒤를 쫓으면서 "걱정 마세요. 안 물어요"라고 외친다. 출근시간, 아파트의 긴 복도에서는 이런 요란스러운 그림이 그려졌다. 내가 처녀 때 일이니 참 오래된 일인데 생생하게 기억한다. 나에게는 이런 할머니가 있어서 든든했다. 설사 그게 한 주먹 크기의 강아지가 아니라 산만한 곰이라고 한들, 호랑이라고 한들 할머니는 주걱을 들고 뛰어왔을 것이다.

할머니는 항상 내편이었다. 이런 믿음은 아주 어렸을 때부터 나의 작은 가슴에 존재했다. 삼촌 저금통의 동전을 몰래 꺼내서 혼날 때도, 이모의 화장품으로 얼굴을 도배하고 높은 구두 굽을 망가뜨렸을 때도 할머니는 내편이었다. 아무 이유 없이 무조건 내편이었다. 그리고 혹시나 누군가에게 맞지는 않는지, 나쁜 소리 듣지는 않는지, 억울한 일을 당하고 울지는 않는지, 커다란 치마폭으로 감싸고 감쌌다. 이건 나에게 큰 힘이었다.

할머니도 이제는 이 세상 사람이 아니다. 그래도 이국땅에서 사춘기를 보내는 동안, "너 조센진이지"라는 심술궂은 아이의 말에도 전혀 주눅 들지 않고 언죽번죽 이 나이가 되도록 잘 살아온 것은 아마도 이런 든든한 기억의 그림 조각을 간직하고 있었기 때문일 것이다.

나는 엄마다!

이것도 집안 내력일까. 우리 아들 아장아장 걷다가 넘어지면 땅을 때리면서 "때찌 때찌 나쁜 놈"이라고 혼을 내고, 식탁 모서리에 부딪치면 역시 모서리를 나무라면서 아이를 품에 꼭 안고 달랬다. 이거야 대한민국 엄마라면 누구나 한번쯤은 해본 일일 것이다.

이제는 키가 180cm를 훌쩍 넘는 아들인데도 별반 달라진 게 없다. 뭔가에 부딪쳐 아파하고 있으면 앞뒤 가리지 않고 내 아들부터 챙긴다. 자정이 다 되어서 축 처진 몸으로 돌아오는 수험생 아들에게 "나중에 엄마가 늙어서 작아지면 어쩔 수 없겠지만 지금은 엄마가 다 해결할 수 있으니 뭐든 말해"라고 큰소리를 친다. 아들인들 왜 모르겠는가. 이미 저보다 작아서 내려다봐야 하는 엄마의 허풍을. 그래도 알았다는 표정을 짓고 씩~ 웃는 모습에 다독거리는 서로의 마음을 읽는다.

내가 해줄 수 있는 일이라고는 사실 아무것도 없다. 옳고 그름이 아니라 그냥 아이의 말을 존중해 주는 것밖에. 나는 아들이 싫다고 하면 나도 싫다고 하고, 아들이 나쁘다고 하면 그것이 설사 하늘같은 선생이라도, 대통령이라도 나쁘다고 한다. "헐~", "멘붕",

"즐~" 이런 단어를 섞어가면서 같이 흉도 보고 욕도 한다. 배웠다는 사람이 할 짓이 아닌지도 모른다. 허나 나는 그냥 할머니 치마폭의 그 따뜻함을 전하고 싶을 뿐이다.

귀한 내 아들 남들 눈에 털끝 하나 다치게 하고 싶지 않다. 그래서 내가 먼저 매를 들 때도 있고 내 분에 못 이겨 주먹으로 쥐어박을 때도 있다. 그래도 어디서 말 못할 억울한 일은 겪지 않는지, 그런 일이 있다면 호랑이인들 무서우랴 곰인들 무서우랴 내 목숨 다해 싸울 준비를 하고 있다. 비록 허술하기는 하지만 살아가면서 이런 용감하고 무식한 내편이 없다면 얼마나 서럽겠는가.

정채봉의 시 '엄마가 휴가를 나온다면'을 아는가. 아주 오래 전 "하늘에 가 계신 엄마가 하루 휴가를 얻어 오신다면⋯ 엄마! 하고 소리 내어 불러보고 숨겨놓은 세상사 중 딱 한 가지 억울했던 그 일을 일러바치고 엉엉 울겠다"는 구절에 나도 따라 엉엉 운 적이 있다. 사람이란 어깨에 잔뜩 힘을 주고 살아가지만 사실은 참 약하고 여린 존재이다. 이렇게 큰 남자도 엄마에게 일러바칠 억울한 일 하나 둘 품고 사니 말이다. 여하튼 나는 아들에게 말하고 싶다. 어떤 일이 있어도 "나는 네편"이라고. "너에게 억울한 마음이 있다면 꼭 품어줄 것"이라고.

손바닥 내밀고 "압"

스파이더맨

참 많은 시간이 지났다. 내가 이 아이들을 데리고 '스파이더맨'을 보러 간 날이. 당시 휴가차 일본에 가 있었던 나는 세 딸을 둔 고교 동창생 마사코 네와 같이 영화관을 찾았다. 고만고만한 놈들 다섯을 데리고 영화관을 간다는 일은 쉬운 일이 아니었던 것으로 기억한다. 영어 대사에 일본어 자막의 영화를 보러 가면서 아들에게 "다 알아들을 수 있겠지?"라고 물었고, 아들은 뻔뻔하게도

"당연하지"라고 답했다. 엄마에게 장남은 항상 크게 보이는 법이다. 초등학교 2학년이면 다 컸다고 생각했었고, 어학원에서 1년 남짓 배운 영어로 영어 대사를 완벽하게 이해할 것이라고 믿었다.

'스파이더맨'은 마블코믹스(Marvel Comics, 미국 만화책 출판사)의 만화 캐릭터를 영화화한 것인데 배트맨이나 슈퍼맨과 같은 영웅과는 달리 소심하고 내성적이고 가난한 고등학생이 주인공인지라 할리우드 액션 블록버스터치고는 잔잔한 감동도 함께 한다. 그러니 아줌마들 마음에도 여운을 남기는 그런 영화였다. 신나게 보고 나서 나는 아들에게 "어떤 대사가 가장 중요하다고 생각했니?"하고 물었다. 지금 생각하니 그 어린놈한테 무엇을 바랐는지 웃길 따름이지만, 당시는 진지하게 그렇게 물었다. "남들보다 더 많은 능력을 가진 사람은 그 만큼 더 많은 의무가 있다" 뭐 이런 멋진 대사를 기억할 것이라고 기대했다.

그런데 이게 웬일인가. 아주 거만한 얼굴을 하고 나를 향해서 손바닥을 쫙 내밀더니 "얍"하고 외쳤다. 스파이더맨이 손에서 줄을 뿜어내는 그 포즈다. 그리고 소파에서 책상으로, 다시 침대 위로 뛰어올랐다. 멋쩍은 웃음을 보이면서 마사코의 큰 딸에게도 같은 질문을 했다. 일본어 자막을 통해서 영화를 더 잘 이해했을 것이고 우리 아이보다 2살이나 더 많으니, 마사코도 내심 차원이 다른 답이 나올 것이라고 믿는 얼굴이었다. 그런데 이 아이 역시 "얍"하고 더 크게 뛰어 책장 위에까지 올라갔다. 밑의 놈들은 말할 것도 없다. 언니 오빠 따라 다들 난리가 아니었다.

영어가 중요하다고…?

나는 그때 알았어야 했다. 우리 아이들에게 중요한 것은 영어가 아니라 함께 공감할 수 있는 이야기가 있어야 한다는 사실을. 그런데 그때는 몰랐다. 얼마나 더 많이 영어공부를 시켜야 할지만 궁리했다.

'글로벌 글로벌'하면서 영어교육이 강조된 것은 어제 오늘 일이 아니다. 너 나 할 것 없이 영어 유치원을 선호했고, 그 어린것들을 매몰차게 조기유학을 보냈다. 오직 자식의 영어교육 때문에 '기러기 아빠'를 만들었고, 원정출산이라는 어마어마한 짓도 겁 없이 감행했다. 나는 어느 것 하나 따라 하지 못했지만, 그들의 용기와 결단력을 내심 부러워하고 질투했다. "부러우면 지는 거다"는 말이 맞는 말이라면 나는 '졌다'. 내 집 마련을 꿈꾸는 새댁에게 영어 유치원은 너무 비쌌다. 예쁜 새끼들 한시도 내 눈에서 떼고 키운다는 건 생각할 수 없었고, 그렇다고 남편을 덩그러니 남겨두고 떠날 용기도 없었다. 이래저래 우리 아이들은 엄마 품에서 아주 평범하게 자랐다. 그러니 대학입시에서 '글로벌 전형'에는 아예 손도 대지 못했다.

마사코의 세 딸도 우리 아이들이랑 다를 바 없이 자랐다. 치마를 팔랑이면서 뛰어다닌 큰 애는 벌써 사회인이 되었고, 둘째는 우리 아들과 같은 나이니 대학생이다. 다른 게 있다면 마사코는 조기유학, 기러기 아빠, 원정출산 이런 단어들을 부러워하지 않았다는 사실이다. 어쩌면 모르는 단어일 수도 있다. 그런데 나는 아이의 영어성적을 볼 때마다, 선택하지 않았을 뿐 선택할 수도 있었던 길에 대해서 아쉬움을 가지고 있다. 일본도 영어의 중요성을 모르는 것이 아니다. 그렇다고 평범한 가정의 아줌마가 기러기 아빠니 원정출산이니 그런 것을 생각하는 나라는 아니다. 적어도 내 친구들이 사는 일본에서는.

진정한 글로벌

집 앞 버스정류장에서 '어메이징 스파이더맨'의 커다란 영화 광고판이 눈에 들어왔다. 건물 벽을 타고 오르는 스파이더맨의 모습은 어두운 밤에도 불빛으로 환했다. 버스를 기다리다가 "예전보다 쫄쫄이 천이 많이 좋아졌는데"라는 아들의 말에 크게 웃었다.

마침 기말고사도 끝나고 간만에 가족이 영화 '어메이징 스파이더맨'을 보러갔다. "얍"하고 손바닥을 내밀던 우리 집 아들이 이제는 영화 속 주인공 피터 파커의 나이가 되었다. 나는 다시 물었다. "어떤 대사가 가장 핵심이었다고 생각하니?" 뭘 기대하랴, 나를 보고 씩~ 웃더니 "약속은 깨야 제 맛"이란다. 여자 친구 아버지와의 약속을 지키기 위해서 그녀와 헤어질 생각을 했었지만 그러지는 못하겠다는 뜻으로 하는 피터의 마지막 대사다. "큰 힘에는 큰 책임이 따른다"는 이런 멋진 말이 이 영화의 주제임을 모를 리 없다. 어쩌면 10년 전에도 이 아이는 이렇게 나를 놀렸는지도 모른다. 마사코의 아이들과 함께.

글로벌이란 이런 것이라고 본다. 지구 어디에서든 같은 시간대에 같은 영화를 보고 같은 이야기를 가슴에 담는 것.

한 아이를 키우려면 온 마을이 필요하다

송 소아과

한 마을에서 20년을 살았다. 10년 전 길 하나를 사이에 두고 거실이 좀 더 넓은 집으로 이사했는데 어차피 같은 마을이라 생활이 달라지는 것은 없었다. 한집에 10년씩 산다는 것은 변동 변화가 큰 우리 사회에서는 무능하게 보일 수도 있다. 집값이 뛰고, 신도시가 만들어지고, IMF 외환위기를 경험하는 20년 동안 주변의 많은 사람들이 이사를 가고 이사를 왔지만 우리 가족은 마치 '독수리 오형제'처럼 이 마을을 지켰다.

새로 지은 주상복합으로 이사 가고 싶다고 생각한 적도 있고, 더 좋은 학교가 있는 마을로 옮기고 싶다고 생각한 적도 있다. 그때마다 내 발목을 잡는 몇 가지가 있었는데, 그건 다음과 같은 시시콜콜한 것들이었다. 천장에 설치한 에어컨을 어떻게 떼서 옮겨야 하나, 안방에 설치한 붙박이장은 어떻게 하나. 그런데 사실 가장 문제가 되는 것은, 아이가 아플 때마다 쪼르르 달려가는 송 소아과에서 멀리 떨어진 곳으로는 갈 수 없다는 생각이었다.

아파트 상가건물 2층 미장원 옆에 자리한 송 소아과가 언제부터 거기에 있었는지 모른다. 첫째가 태어나고 처음 찾아갔을 때 병원 안의 소파가 낡았던 것을 기억하니, 20년 훨씬 전부터 그 자리에 있었던 것이 분명하다. 미국으로 유학 가는 앞집 따님이 송 소아과에 가서 예방주사 접종확인서를 받아야 한다는 것을 보니 30년 전에도 있었던 모양이다. 이 동네 아이들은, 아니 이제 시집 장가갈 나이가 된 젊은이들은 모두 송 소아과에서 예방주사를 맞고 감기약을 처방받으면서 자랐다.

아들놈은 1년에 한두 번 꼭 열감기를 앓았다. 평상시에는 잘 아프지 않는 튼실한 놈이었지만 환절기에 감기를 앓으면 38도가 넘는 일이 숱했다. 이때마다 등에 업고 송 소아과를 향해서 뛰었는데, 병원에 도착해서 포대기를 푸는 순간 나도 아이도 안도했다. 딸아이는 천식을 앓았다. 어쩌다 기침이라도 하면 가슴이 철렁 내려앉았는데, 이 역시 믿을 곳이라고는 송 소아과뿐이었다. 쌕쌕거리면서 당장이라도 숨이 막힐 것 같아 어미 마음이 무너질 것 같은 때에도 원장님은 아무렇지 않다는 얼굴로 아이의 손을 잡고 숨을 길게 내쉬는 연습을 시켰고, 나도 옆에서 따라 숨을 내쉬면서 마음의 안정을 찾았다.

우리 아이들이 유아에서 청소년기를 거치는 과정을, 내가 엄마로서 성숙해가는 과정을 원장님은 알고 있다. 세탁소 아저씨의 "세~~~탁"이라는 소리를 흉내 내고, 유치원에서 배운 동요를 부르고, 게다리 춤을 추면서 재롱을 부렸던 아이가 이제는 원장님보다 훨씬 큰 키를 하고 배낭여행 가기 전에 맞아야 한다는 파상풍 주사를 맞으러 간다. 원장님 역시 해를 달리하면서 다른 모습을 보였다. 콧물 뽑는 기계를 들이고는 아이마냥 좋아했다. 설사한다고 찾아간 우리 아이 콧구멍에도 기계를 들이대고 콧물을 뽑았다. 한때는 컴퓨터가 좋아서 독수리 타법으로 뭔가를 열심히 치고 있었고, 최근에는 카메라에 푹 빠진 것 같다. 자지러지게 우는 아이들 얼굴을 크게 찍어서 병원 한쪽 벽을 꽉 채우고 있다.

움직이지 않는 일본

일본 사람들은 좀처럼 움직이지 않는다. 지금도 고등학교 졸업 앨범에 실린 주소지로 전화를 걸면, 열에 일곱은 부모님이나 노처녀 동생이 전화를 받는다. 30년이 지났는데도 말이다. 시집가서 남편의 성씨를 따라 무엇으로 바뀌었고, 전화번호는 이러이러하다고 친절하게 알려준다. 그러면서 나를 기억하는 친구 어머니는 아직도 나를 "코-짱"이라면서 시간을 초월한 이야기를 한다.

그러니 몇 십 년이 지나도 동네는 크게 바뀌지 않는다. 자전거 타이어 펑크 때우러 다니던 자전거방에는 이제 백발의 할아버지가 된 주인이 나를 기억한다. 교복을 맡기러 다녔던 세탁소 건물은 작은 빌딩으로 바뀌었지만 그래도 1층에는 여전히 그 집 주인이 세탁소를 운영하면서 나를 반긴다.

KBS 2TV 인기 프로그램 '해피 선데이-슈퍼맨이 돌아왔다'에서 '한 아이를 키우려면 온 마을이 필요하다'는 특집을 했다. 참 잘 지은 제목이다. 아이는 부모만의 힘으로 키울 수 있는 게 아니다. 한 아이를 키우려면 얼마나 많은 사람들의 손길이 필요한지 '슈퍼맨'이 아니라도 우리는 잘 안다. 아이들은 많은 사람들의 관심과 관계 속에서 하나의 인격체로 성장한다. 내 삶의 무게조차 버거워하면서 두 아이를 키우는 사람에게 어린이집 선생님은 지금도 우리 아이들의 멘토다. 초등학교 회장 선거에서 대학 진학까지 상담을 했으니 말이다. 자전거방 아저씨는 두발자전거의 보조바퀴를 떼는 그 순간의 감동을 알고 있다. 슈퍼마켓, 문방구, 빵집 아저씨 아주머니도 우리 아이들이 자라면서 만든 '숨겨진 이야기'를 알고 있는 소중한 사람들이다.

아파트 단지 입구에 "안전진단 통과"라는 현수막이 자랑스럽게 걸렸다. 안전진단을 통과했다는 말은 안전하다는 것이 아니라 안전하지 않는 건물이라는 말이다. 이른바 조만간 재건축이 가능하다는 뜻이다. 사실 얼마나 더 있어야 재건축이 될지 모르는 일이나 우리 집도 상가건물도 헐리고 말끔한 새로운 건물들이 들어설 것이다. 그래도 우리 아이들의 소중한 시간을 함께한 이 공간을 나는 오랫동안 기억하고 싶다.

딸내미 시집보낼 때

나에게도 명품 그릇이 있다

계란 프라이 하나 먹다말고 아이가 "우리 집이 이렇게 부자인지 몰랐다"란다. 뭔 뚱딴지같은 소리를 하나 했더니, 접시를 보고 하는 말이었다. 제주도에 별장도 있는 이모네 집에서는 접시 받침대에 올려 그림처럼 장식하는 접시를 우리는 식탁에서 사용하니 어찌 부자가 아니겠는가라고 했다. 좀 컸다고 이런 것도 눈에 보이는 모양이다.

명품을 찾아다니는 사람이 아니라도 샤넬이니 구찌니 하는 이름은 알고, 이런 이름의 핸드백에 립스틱 하나 정도는 가지고 다녔던 처자들이 결혼을 하고 살림을 살면서 포트메리온이니 로얄알버트니 하는 이름의 그릇에 매료되어 하나 정도는 갖고 싶어 한다.

결혼 전 자취할 때의 일이다. 엄마는 일본에서 노리다케 세트를 가져다 부엌 한 구석에 박스도 뜯지 않고 두었다. 크고 작은 접시가 각각 8장씩, 커피 잔에 커다란 주전자까지 뭔가가 엄청 많았다. 황색을 띤 우유빛 바탕에 얌전한 꽃그림이 들어가고 금테 두리를 한 그릇들이 좋아보기는 했지만, 크게 관심이 없었다. 싱크대에 그릇이 다 나와 쓸 만한 게 없을 때는 살짝 이것을 꺼내 썼는데, 서툰 살림에 한 장 두 장 깨서 8장씩 있던 것이 6장이 되고, 5장이 되었다. 게다가 29살이 될 때까지 시집갈 생각 없이 살고 있으니 급기야 화가 난 엄마는 "이것아! 그래 다 깨라, 다 깨. 시집가기 전에 다 깨라"면서 속상해했다.

노리다케는 일본만이 아니라 세계 최대급 고급 도자기 메이커이다. 1904년에 창업했는데, 핸드메이드의 섬세한 아름다움은 구미에서 절대적 인기를 얻었으며 도자기 애호가들이 즐겨 찾는 아이템이었다. 전쟁 후 일본에 주둔했던 미군 병사가 귀국할 때 선물로 가장 선호했던 것도 이 도자기다. 이런 역사를 가진 회사의 도자기를 딸내미 시집가서 쓰라고 가방에 담아 조심스럽게 몇 번에 나누어 서울까지 가져왔건만, 선머슴 같은 딸은 귀한지 모르고 시집도 가기 전에 깨어먹고 있으니 화가 나기도 할만 한 일이다.

사실 우리 엄마 세대는 물자가 부족한 시대를 살았다. 딸내미 시집보낼 때 보낸다고 그릇이니 냄비니 다락방에 숨겨둔 사람은 비단 우리 엄마만은 아니었다.

우리 집은 부자다

이랬던 나도, 결혼해서 찌개에 된장을 넣어야 하는지 간장을 넣어야 하는지 모르는 새댁시절을 넘기고 조금씩 살림을 알아가면서 그릇에 욕심이 생기기 시작했다. 대형마트에서 할인판매를 한다는 소문을 듣고 동네 아줌마들이랑 몰려가서 알록달록 외국 잡지에서나 본 접시를 몇 장 사들고 이리보고 저리 보고 황홀해했다.

어디 아까워서 쓰겠는가. 포장지도 뜯지 못하고 고이고이 모셔 둔 것이 몇 년이다. 귀한 손님을 맞이하는 날에나 조심스럽게 꺼내고 다시 포장지에 싸서 간직했다. 딸은 엄마를 흉보면서 배운다고 하지 않던가. 나 역시 누구의 딸이겠는가. 엄마의 딸이지. 좋은 것이라고 얼른 먹고 쓰고 하는 일에는 익숙지 못했다.

그런데 시간이 지나면서 나에게 변화가 생겼다. 제 아무리 좋은 것인들 쓰지 않는 물건에 무슨 의미가 있겠는가. 미래의 언젠가를 위한 삶이 아닌 지금을 아름답게 꾸미는 삶이고 싶다고 생각하게 되었다. 지금이 아름답지 않으면 미래도 아름다울 수가 없다. 좋은 건 아껴두고 숨겨두고 허드레만 가지고 살고 있는 나의 삶에 대해서 '물음'을 던지고 되짚어보았다.

지금 우리 주변에는 좋은 것들이 차고 넘친다. 돈만 있으면 안방에 앉아서 태평양 건너 저 먼 나라의 물건들도 직접 사들일 수 있다. 그런데 정작 사람을 소외시키는 물건들이라면 이것은 탄생의 소임을 다하지 못하는 것이 아닐까. 우리 아이가 맛있게 먹을 수 있는 먹거리를 담을 수 있는 그릇이야말로 어떤 값으로도 대신할 수 없는 소중한 그릇이라고 나는 생각했다.

"이모네는 도우미 아주머니가 살림을 하니 좋은 그릇은 장식만 하는 게 아닐까? 우리야 엄마가 살림 사는 집이니 이런 그릇 쓸 수 있는 거고." 적당한 이유를 찾아서 답을 하니, 도톰한 입술을 뾰족하게 내밀고 "그러니까 우리가 부자인 거지"란다. 가방이고 옷이고 이모네 집에서 매번 얻어다 입고 자라면서 상했던 자존심을 여기서나마 찾으려고 하는 것 같다.

딸아! 너는 물질이 아닌 그 '의미'에 더 큰 가치를 두는 멋진 세상을 살아주기 바란다.

체통을 지켜라

학교 장학금, 아빠 장학금

큰 아이는 뭘 가르쳐도 중간은 했다. 조금 자랑하자면 중간보다는 조금 더 잘 했다. 작은 아이는 그림 그리는 일 외에는 관심을 보이지 않았다. 조금 엄살을 부린다면 세상일에 도통 욕심을 부리지 않으니 통지표의 숫자도 그리 훌륭하지 않았다. 같은 배에서 태어난 둘이지만 달라도 참 많이 달랐다. 하나는 하늘을 사랑해서 길고, 하나는 땅을 더 좋아해서 넓다. 둘을 비교하자는 건 아니다. 뭘 잘하고 못하고 이런 걸 말하고픈 것도 아니다. 여하튼 관심이 달랐다. 이건 참으로 좋은 일이었다. 둘은 서로 경쟁하거나 비교하면서 자라지 않았다. 하나가 아들이고 하나가 딸이니 그랬고, 하나는 일반학교를 다녔고 하나는 미술을 한다고 특목 학교를 다녔기 때문에 같은 학교를 다닌 적이 없다.

지금 큰 아이는 서울에서 학교를 다니고, 작은 아이는 일본 미술 대학으로 유학을 갔다. 두 아이의 등록금이 만만치 않지만 그래도 야무진 엄마이고자 하는 나는 매달 매달 단지 속에 모아둔 돈으로 이리 당기고 저리 당겨서 잘 메우고 있다. 뉘집 아들 장학금 받았다는 이야기 부럽기는 하다. 그러나 우리 부부는 씩씩하고 건강하게 자란 아이들에게 그것까지 바란다면 지나친 욕심이라고, 졸업할 때까지는 도움이 되자고 뜻을 같이 했다.

작은 아이한테서 생각지도 못한 기쁜 소식이 왔다. 성적이 우수한 고로 등록금이 감면되었으니 이번 학기에는 전액을 다 내지 않아도 된다는 거다. 고등학교 때까지 받아온 성적표의 그 숫자들이 다 소용없다고 뒤집는 해프닝이었다. 그리고 며칠 후, 교외 장학금도 받게 되었다면서 차랑차랑한 목소리가 들려왔다. 이제는 물감도 비싼 것을 살 것이라고 했다. 도쿄에 유학 온 학생들

을 위해서 모 기업에서 후원하는 장학금을 받게 된 모양이다. 3
년째 응모해서 얻은 수확이었다. 지도교수에게 사인을 받으러가
니 조교선생이 "너 또 왔구나"라는 말을 했다고 해서 내 가슴이
철렁했는데, 그 눈치에도 아랑곳하지 않고 드디어 받아낸 장학
금이었다. 가계에 보탬이 되고 외환을 아끼는 일이니 애국이라
고 크게 칭찬했다.

큰 아이가 등록금 고지서를 내밀면서 손이 부끄러웠는지 "이제
는 열심히 공부 안할까봐"라는 말을 툭 내뱉었다. 아이가 다니는
학교는 저소득층 학생에게 학자금 지원을 집중하면서 성적장학
금을 폐지했다. 그러니 꽤나 잘난 성적표를 가져도 장학금은 언
감생심이다. "아빠 장학금이 최고지"라고 했고, 엄마가 학교 다
닐 때 장학금을 너무 많이 받았으니, 너까지 받으면 하늘이 욕한
다는 말까지 했다.

사실 나는 고등학교 2학년 때부터 장학금을 받았다. 일본 공립
학교를 다녔는데, 그 지역에는 커다란 사찰이 있었고 몇 학생에
게 장학금을 주었다. 학기 초 담임선생님은 살짝 나를 불러 추천
서를 내밀었다. 기쁘기도 했지만 자존심도 상했던 기억이 있다.
이국땅에 사는 한부모가족의 이 작은 여자아이가 가여웠는지,

기특했는지 이유는 모르겠다. 일본 지식인의 양심이었을까. 그래도 위선은 아니었을 것이라고 믿고 싶다. 여하튼 적지 않은 장학금을 받으러 매달 사찰을 찾았고 설교를 들었다.

언행일치

장학금, 그건 좋은 것이지만 그렇다고 무조건 받아야 좋은 것 또한 아니다. 이 말을 하고 싶은데 설득력 있는 말이 부족한 차에 손봉호 교수님의 '특이한 가훈'이라는 글을 읽었다. 수필을 쓰는 사람은, 한번 만난 적 없어도 그 사람을 오랫동안 알고 지낸 사람인 양 잘 안다는 생각을 한다. 글 속에 그 사람의 삶과 생각이 그대로 녹아 있기 때문이다. 너무나 큰 어르신이라 감히 가까이에서 뵐 수는 없었지만, 같은 수필문우회의 멤버인지라 가끔 글을 접할 기회가 있었다.

"네덜란드 유학 때는 대학교에서 주겠다는 장학금을 완강히 거절했다가 너무 교만하다는 핀잔까지 받았다. 교만해서가 아니라 장학금을 받는 것이 빌어먹는 것 같아 자존심이 상했기 때문이다. 하는 수 없이 대학은 나를 조교로 만들어 공부를 계속하게 했기에 그 덕으로 몇 년 후에는 전임강사로까지 진급했고, 그때

바친 세금 때문에 지금 매월 20여만 원의 연금까지 받고 있다."

얼마나 재미있는 이야기인가. "색과 돈에 체통을 잃지 마라" "돈을 쪼개 써라"는 부모님의 말씀을 가훈으로 삼고 있다는 이야기에 매료되었다. 2명 중 1명의 대학생이 10억을 주면 1년 정도 교도소 생활을 할 수 있다는 세상이다. (소비자연맹이 법의 날을 맞아 3656명 대학생에게 설문한 결과, 2018. 4.25) 이렇게 답한 놈들도 웃기지만 설문을 한 사람도 황당하다. 여하튼 돈이면 다 좋다는 세상에 이런 어르신이 계시니 뵙고 싶었다.

그리고 많은 시간이 지나지 않은 어느 가을날, 지인의 결혼식에서 뵈었다. 주례를 보시는데 이게 보통 주례가 아니었다. 신랑신부 앞에 세워놓고 사치스럽고 호사스러움은 이것으로 마무리하고 근검절약하는 삶을 살아야한다고 야단을 치신다. 결혼식이라고 새 옷 장만해서 입고 간 나마저 몸 둘 바를 모르겠는데 신랑신부는 어떠했을까. 식은땀이 나기는 했지만, 가훈을 생각하면서 혼자서 끼득끼득 웃었다. 언행일치가 바로 이거구나.

다음에 좀 더 가까이에서 뵐 수 있다면 감히 여쭙고 배우고 싶다. "색과 돈에 체통을 잃지 말라고 하셨는데, 색은 어떻게 체통을 지켜야 할까요?"라고. 나는 천 년 전 헤이안의 호색을 공부한 사람인지라, 이것도 궁금하다.

의사는 훌륭해야 한다

우리아이의 눈

딸아이의 눈이 걱정되었다. 엄마 아빠 둘 다 눈이 나쁜데다 텔레
비전을 자꾸만 앞에서 보려고 하는 것이 마음에 쓰였다. 우선 동
네 안과를 찾았다. 벽을 온통 하얗게 도배하고 대기실에는 외국
인테리어 잡지에서나 볼 수 있는 고급스러운 소파가 배치되어
있었다. 원두커피향이 유혹을 하고 "나는 커리어우먼입니다"라
고 이마에 써붙인 것 같은 도도한 아가씨가 의사를 만나기 전에

상담을 하자고 했다.

당시 아이의 정확한 나이는 기억이 나지 않는데, 글은 몰라도 말은 또박또박 잘했다. 상담사가 이 방으로 저 방으로 데리고 다니더니 결론은 "눈이 나쁘니 조금 더 있다가 안경을 껴야 한다"는 것이었다. 이것으로 상담 끝. 그리고 엄마의 두꺼운 안경을 보더니 라식이니 라섹이라는 단어를 들먹이면서 그 장점을 설명했다. 포대기에 애 업고 온 사람이 들을 소리는 아닌 것 같아서 주섬주섬 챙기고 돌아왔다. 그러다보니 언제 다시 찾아가서 안경을 해야 하는지 듣지 못했다.

그리고 시간이 지났다. 유치원을 다니고 있었으니 네다섯 살 때의 일이다. 예방주사를 맞으러 가까운 지방공사 의료원을 찾았고, 온 참에 눈도 검사해보자는 마음으로 안과에 들렀다. 적당한 시기에 안경을 마련해주어야 한다고, 그렇게만 하면 된다고 알고 있었기 때문에 아주 편안한 마음이었다. 아직 숫자를 제대로 읽지 못해서 그림을 보고 나비니 새니 어렵게 시력검사를 했다.

그런데 이게 웬일인가. 나도 의사 선생님도 깜짝 놀랐다. 동그랗고 투박한 안과용 안경에 아무리 도수가 높은 알을 몇 겹으로 끼워도 제일 위의 커다란 그림 외에는 보이지 않았다. 말문이 막혔다. 안경을 끼고도 0.3의 시력밖에 되지 않는다는 사실은 무지한 어미에 대한 천벌이라는 생각마저 들었다.

나도 어렸을 때부터 안경을 꼈다. 안경의 알이 얼마나 두꺼운가가 문제지 안경만 끼면 세상이 잘 보였다. 그런데 안경을 껴도 보이지 않는다는 사실은 이해할 수 없는 일이었고 믿기도 싫었다. '장애'라는 단어가 떠올랐다. 가슴이 무너졌다. 아직 처녀티가 나는 예쁜 선생님의 표정도 매우 진지했다.

인터넷을 뒤졌다. 주변 사람들에게 어떤 정보라도 얻기 위해서 연락을 했다. 눈에 좋다는 민간요법을 찾기 시작했다. 이름난 선생님이 계시는 병원을 예약했다. 최고의 시설을 자랑하는 대학병원에도 예약을 했다. 허름한 지방공사 의료원에서는 할 수 없는, 갓 전문의가 된 것 같은 젊은 여의사는 모르는 뭔가 특별한 방법이 분명 있을 것이라고 생각했다.

명의를 만들다
- - - - - - - - - - - - - - - -

하늘이 원망스러웠고, 조상이 원망스러웠다. 라식을 운운했던 그 병원마저 원망스러웠다. 다시 긴 숨을 내쉬면서 호흡을 가다듬고 무엇부터 어떻게 시작해야 할 지 생각했다. 그리고 의료원의 젊은 선생님을 믿고 따르기로 결정했다. 의학은 누구에게나 똑같은 지식으로 교육되는 과학이 아닌가. 유명한 의사 선생님을 찾아다니기보다는 내가 믿고 따르는 것으로 명의를 만들면 된다. 이런저런 생각을 하면서 더 이상 인터넷도 뒤지지 않고, 대학병원 예약도 취소했다. 이것도 인연이고 운명이라고 생각했다. 나는 우리 아이의 평생 '눈'이 될 각오도 했다.

당장 의사가 처방한 안경을 쓰기 시작했다. 아직 콧대가 서지 않은 젖비린내 나는 얼굴에 커다란 안경은 내 마음을 참 무겁게 했지만 한편으로는 우리의 희망이었다. 6개월마다 한번 검진을 했다. 마음을 가다듬고 더 이상 슬퍼하거나 상처를 받지 않겠다는 굳은 결심 없이는 발걸음을 떼기도 힘들었지만, 그래도 정확히 날짜 하루 틀리지 않고 찾아갔다. 안경알은 조금씩 두꺼워졌다. 이러다 더 이상 두꺼운 안경알이 없어지는 날 희망 역시 사라지는 건 아닐까 두려웠다.

나의 성실한 믿음은 기적으로 나타났다. 결국 엄마의 믿음이 '명의'를 만들었다. 초등학교 입학하는 해 안경을 끼고 0.7이라는 시력이 나왔다. 나도 선생님도 환하게 웃었다. "0.7이면 운전도 할 수 있어요"라는 말에 졸이고 졸였던 마음에 날개가 돋는 것 같았다. 그리고 초등학교 1학년 겨울방학 교정시력 1.0이 되었다. 안경알이 얼마나 두꺼운가는 상관할 바가 아니었다. 안경만 있으면 이제 남들만큼 볼 수 있다는 거다.

엄마는 절대로 눈물을 보이면 안 된다고 각오했었다. 그러나 이 날만은 얼마나 울었는지 모른다. 기쁨의 그리고 감사의 눈물이었다. 이후에도 6개월에 한 번씩 검진을 하고 안경알을 바꾸었다. 부쩍부쩍 자라는 만큼 안경알도 두꺼워졌지만, 자라는 모습을 대견스럽게 바라보면서 함께 기뻐해주는 안과 선생님이 계셨다. 선생님은 이 아이에게 부모 이상의 역할을 했다고 감히 말한다.

일본에서는 만 3세 때 안과 검진을 의무적으로 실시한다. 신생아는 시력이 거의 발달되지 않은 상태로 태어나 만 3세, 늦어도 만 5~6세 때 시력이 완성된다. 따라서 이 시기에 시력의 이상을 발견하면 안경으로 교정하거나 특별한 훈련으로 시력을 발달시킬 수 있다. 불행히도 이 시기를 놓치면 치료를 해도 시력은 더 이상 발달하기 어렵다.

우리 아이는 다행히도 이 시기에 좋은 선생님을 만났다. 아이는 부모의 힘으로만 키울 수 있는 것이 아니다. 주변의 많은 어른들의 도움이 필요하다. 아이는 한 집안의 미래이기도 하지만 한 나라의, 인류의 미래이기도 하다. 아이가 성장해가는 과정에서 만나는 많은 사람들은 각자 어떤 역할을 한다. 그들의 역할 하나 하나가 아이의 삶을 완전히 바꿀 수도 있다. 의사의 역할은 그 어떤 직업군의 사람들보다 크다. 어쩌면 신도 할 수 없는 일을 해낼 수 있다. 그러니 의사는 참으로 훌륭하다. 훌륭해야 한다.

할머니와 엄마 그리고 딸

외할머니가 오시면 이불 빨래부터 했다. 이불 호청을 뜯고 빨아서 풀하고 아직도 촉촉할 때 반듯반듯 접어서 꼭꼭 밟았다. 빨래를 밟을 때는 덩치가 꽤 큰 동생을 등에 업고 나한테 밟으라고 했다. 무거워야 더 잘 밟히기 때문이다. 마당 물청소를 하면서 대문도 빗자루도 쓱쓱 쓸었다. "털어서 먼지 내지 말고 그냥 냅두소"라고 엄마가 말려도 할머니는 "이래 놓고 더러워서 어째 사노"하면서 쉬지 않고 움직였다. 그것 뿐이랴. 마치 냉장고 하나를 옮겨놓는 것 같았다. 평상시 볼 수 없는 각종 김치에 고래 고

기까지 이런 것들을 가방 하나 가득 들고 와서 우리 집 냉장고를 채웠다.

내가 살림을 차리니, 우리 엄마 역시 농을 하나 들고 오다시피 커다란 가방에 온갖 요상한 것들을 챙겨서 날랐다. 옆집에서 얻었다는 아기 유모차까지 들고 왔으니, 조만간 거저 얻을 수만 있다면 손자를 위해서 피아노도 하나 들고 올 기세였다.

우리 엄마 역시 이불 빨래부터 시작했다. 호청을 뜯어야 하는 이불이 아니라서 그나마 다행이었으나, 밤이 되면 여기가 아프니 저기가 아프다 하니 "제발 그냥 두시오"라고 해도 다음날에는 커튼을 떼서 빨기 시작했다. 부엌은 어떤가. "야는 이래 놓고 불편해서 어째 사노"하면서 냄비 자리 접시 자리를 모두 뒤바꾸어 놓았다.

딸아이를 유학 보내고 나도 이제 엄마가 되어서 자취방을 찾아간다. 비행기는 23킬로그램의 가방 하나만 받아주니, 가지고 갈 수 있는 짐이 한정되어서 그렇지, 나 역시 냉장고 하나 농 하나 그대로 들고 가고 싶은 심정이다.

걸레를 잡고, 방 중앙에 엉덩이를 꼭짓점으로 두고 앉아서 팔을 한번 휘두르면 청소가 끝나는 작은 방이라 할 일도 없다. 딸아이 좋아하는 매운 떡볶이 만들어주기 위해서 소꿉장난 수준의 조리대에서 이거저거 뒤지니, 간장도 고추장도 없는 게 없다. 행주를 빨아서 반듯반듯 접어둔 것을 보니 나보다 살림을 더 잘하고 있는 거 같아서 기특하다. 그런데 조리대 위 전구 하나에 불이 들어오지 않는다. 전구가 두 개인데 하나만 불이 들어온다. 바빠서 새 전구를 갈아 끼우지 못했구나 하면서 빼려고 만졌더니 바로 불이 들어온다. 좀 헐겁게 끼워져서 불이 안 들어왔던 모양이다.

학교에서 돌아온 아이는 내가 반가운지 떡볶이가 반가운지 맵다고 입을 호호하면서 고개를 들더니 "엄마 전구 두 개에 불이 다 들어왔네"란다. "응. 전구가 나간 게 아니라 헐겁게 끼워져 있어서 그렇더라." 이 말에 발끈하더니 "내가 전기료 아끼려고 일부러 그렇게 한 거야." 아이고 무서워라. 제 살림이라고 어지간히 야무지게 살고 있는 것을 내가 함부로 건드린 모양이다. 그러고 보니 나도 엄마한테 뾰로통하게 "그릇 자리를 자꾸 바꾸면 내가 어떻게 찾아"라고 화를 낸 기억이 있다.

이것이 우리 집 여자들의 이야기다.

허세의 힘

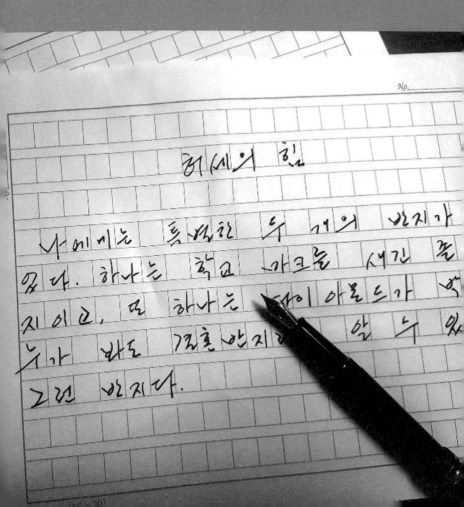

허세의 힘

나에게는 특별한 두 개의 반지가
있다. 하나는 학교 마크를 새긴 졸
지이고, 또 하나는 [...] 이 아들이가 [...]
누가 봐도 결혼반지라 [...] 알 수 있
그런 반지다.

01

엄마의 특별한 오감

확실하게 못하는 것

엄마는 자식을 키우면서 또 하나의 삶을 경험한다. 나는 귀가 둔하다. 눈은 매서운 편이라 감쪽같이 속였다고 믿는 가발도 금세알아내고, 코를 높였는지 눈을 찢었는지 다 보인다. 그런데 소리에 대해서는 할 말이 없다. 소리를 듣고 그것을 구분하는 능력이심하게 떨어진다. 어릴 적 이야기이기는 하지만, 등교하는 길목에서 들려오는 유행가를 애국가라고 착각하고 멈추어 서서 경례를 하다가 지각한 날이 있다. 그러니 노래를 직접 불러야 할 때는 참 가관이다.

노래만이 아니다. 나는 일본에서 중학교를 다녔는데, 학교에서는 전교생에게 알토 리코더를 연주하게 했다. 일본 친구들은 초등학교에서 소프라노 리코더를 배우고 왔다고는 하지만 모두 참 잘 불었다. 그런데 내 리코더에서는 항상 삐삐~ 특별한 소리가 나는 바람에 주눅이 들어서 손가락만 움직이고 소리를 내지 못했다. 고등학교에서는 미술과 음악 중 선택해서 수업을 들을 수 있다는 말에 빨리 고등학생이 되고 싶었다. 여하튼 음악이 필수 과목이고 전적으로 실기로만 평가하는 것이었다면 아마도 나는 학교를 제대로 졸업하지 못했을 수도 있다.

나는 이렇게 확실하게 못하는 게 있다는 것도 좋은 일이라고 생각한다. 확실하게 잘하지 못하고 그래서 접근조차 할 수 없는 분야가 있다는 것은, 살아가면서 어떤 선택을 할 때 버려야 할 확실한 카드가 있으니 나쁘지 않다. 그래도 내 새끼들에게는 '음악을 좀 아는 삶'을 살기 바라며 일찍이 피아노를 가르쳤다. 특히 딸아이가 피아노를 잘 친다면 참 좋겠다고 생각했다. 그런데 역시 내 딸이었다. "어머니, 피아노보다는 공부를 시키는 게 더 좋을 것

같습니다." 동네 피아노학원 선생님의 조심스러운 말에 미련을
버렸다.

엄마에게만 들리는 소리

다행히 하나는 다르다. 아들이 피아노를 좋아한다. 좋은 선생님
을 만났다. 피아노 선생님 오시는 날이면 방에서 웃음소리가 들
리고 어쩌다 피아노 소리도 들렸다. 초등학교 교내 콩쿠르에도
나갔다. 2학년 때 담임선생이 관현악 담당이라 우리 아이는 트
라이앵글 하나 들고 무대에 올랐다. 어떤 곡이었는지 기억은 나
지 않지만 관현악의 웅장한 울림 속에서 높은 음역의 트라이앵
글 소리가 찡~하고 도드라졌다. 나는 온몸의 털이 바짝 서는 것
같았다.

다음 공연에서는 심벌즈를 들었다. 관현악의 클라이맥스에서
는 항상 우리 아이의 심벌즈 소리가 있었다. 5학년이 되자 작은
북을 쳤고, 그 다음에는 큰북을 쳤다. 아이가 "엄마 나 승진했어"
라는 말에 한참 웃었다. 형들이 하는 것을 보면서 내심 부러웠던
모양이다. 6학년 큰형이 되고, 드디어 팀파니를 연주하는 팀파
니스트가 되었다.

6학년이 한명 더 있었는데 선임이라는 이유로 우리 아이가 팀파니를 차지했다. 이 조그만 세계의 서열도 장난이 아니다. 나는 아들의 맬릿(북채)을 사러 예술의 전당 앞 타악기 전문 가게를 찾았다. 살다 살다 내가 이런 가게를 찾을 줄이야 어찌 알았겠는가. 무대에 오를 때마다 가마솥만한 악기 3개를 옮기는 일은 엄마의 몫이었다. 하나도 무겁지도 힘들지도 않았다.

팀파니는 북 중에서 유일하게 음높이를 가진 악기다. 다른 악기들이 연주하는 동안 팀파니에 귀를 대고 다음 음을 맞추는 모습을 보면서 "저게 내 새끼입니다"라고 자랑하고 싶었다. 그 많은 악기 중 내 귀에는 팀파니 소리만 들렸다. 타악기의 소리는 하얀 바탕에 빨간 점을 찍는 것 같아서 도드라지게 잘 들린다. 그러니 하나의 곡이 끝날 때까지 긴 시간 바짝 긴장해서 혹시나 박자라도 놓칠까 마음을 졸이면서 바라보았다.

그런데 이건 나만 그런 게 아니었다. 친구의 아이가 바이올린을 켜는데, 그녀의 말에 따르면 그 많은 바이올린 소리 중에서도 자기 아이의 바이올린 소리만 부각되어서 들린다는 거다. 2악장 어디에서 음이 이탈했다면서 안타까워했다. 정말 그게 들린다는 말인가. 믿어지지 않았지만 '엄마'라면 가능한 일인지도 모른다.

분명 엄마라서 가능한 일일 것이다. 엄마가 되면 아주 우수한 또 하나의 눈, 또 하나의 귀가 생긴다. 사람의 몸이란 참 신기하다.

친구 히로코는 딸이 둘 있는데, 둘 다 치어리더다. 중학교 때부터 시작해서 대학도 이것과 관련된 학과에 진학했다. 만날 때마다 아이들이 출전한 대회 동영상을 보여주었다. 전국 3위니, 도쿄도에서는 최고니 하는데 그게 얼마나 훌륭한 것인지 몰라도 그냥 "대단하다", "멋지다"는 말만 반복하면서 본다. 여럿이 한조가 되어서 피라미드를 만들기도 하고, 사람을 공처럼 던져서 받고 난리도 아니다. 여기서도 히로코는 어김없이 저 뒤에 콩알처럼 보이는 저 아이가 딸이라고 자랑한다. "어디 어디?" 내 눈에는 그 아이가 그 아이 같은데. 이렇게 자식을 보는 눈은 어느 어미나 자신만의 특별한 오감을 작동시켜서 가능한 일이다.

우리 부부는 아주 오랜만에 예술의 전당 콘서트홀을 찾았다. 아이가 초등학교를 졸업하고 오케스트라 연주를 접하는 것은 얼마만의 일인가. "졸리면 자야지 뭐" 이런 말을 하면서도 살짝 설레는 마음으로 자리에 앉았다. 2시간 동안 역시 나의 눈에는 그리고 귀에는 팀파니만 보이고 들렸다. 아들 덕에 생긴 또 하나의 눈과 귀가 가을밤 음악을 즐기고 있었다.

아들을 위해서 기도하고 싶다

대한의 아들을 둔 엄마

나는 지금 간절한 마음으로 두 손을 모으고 눈을 감는다. 20년 하루도 품에서 떼어놓지 않은 아들이 '대한의 아들'이라는 이름으로 입대했다. 오늘도 무사히 건강하기만 바란다.

무엇이 어떻게 생겼는지 알 수도 없고 상상도 되지 않는 논산훈련소의 긴 담장 너머 "사랑하는 아들에게"라는 글을 수없이 보내면서 얼마나 많은 시간이 지났는지 모르겠다. '일일천추'란 이런 것일 거다. 대한민국의 어머니만이 알 수 있는 깊고 무겁고 긴 시간이다.

마침내 "오늘은 일요일입니다"로 시작하는 편지를 받았다. 훈련소에서 보낸 첫 편지다. 글자 하나 하나 아들의 소리를 느끼면서 읽고 싶은 마음에 방으로 들어갔다. 남편과 딸아이는 호들갑 떤다고 눈치를 주지만 상관하지 않았다.

"초코파이 2개, 콜라 1병을 준다는 말에 교회에 가서 세례를 받았습니다. 돌아오는 길 절에서 수계를 받고 나오는 친구의 손에 초코파이 1개가 들려 있는 것을 보고 얼마나 우쭐했는지 모릅니다. 그런데 성당에서 영세를 받았다는 친구들이 커다란 박스를 하나씩 들고 있는 것을 보는 순간 패배감을 느끼고 슬퍼졌습니다. 나는 오늘 성당에 갔어야 했던 것입니다."

웃음이 빵 터졌다. 마치 무슨 의식을 치르듯 엄숙하게 방으로 들어간 나의 깔깔 웃음소리에 뭔 일이냐고 다들 뛰어 들어왔다. 이 이야기 시어머니가 아시면 "어미가 믿음이 없어서 새끼가 저런다"고 혼내실 게 분명하다.

기도할 자리

사월 초파일이면 절에 등을 다는 어머니 밑에서 자랐다. 일본에서 학교를 다닐 땐 그 지역의 사찰에서 장학금을 받았다. 한 달에 한번 장학금 받는 날에는 설교를 듣고 차를 마셨다. 친구가 좋아서 그를 따라 교회에도 갔었다. 함께 밥을 먹고 찬송가를 부르고 즐거웠다. 그리고 가톨릭 집안의 남자를 만나 성당에서 식을 올렸다. '미카엘라'라는 세례명도 받았다.

가톨릭 신자가 아닌 남자랑 결혼을 했다고 해도 나는 성당에서의 식을 고집했을 것이다. 다이애나 왕세자비의 결혼식을 기억하는 단발머리 여드름 소녀는 스테인드글라스의 오묘한 빛과 길게 늘어뜨린 트레인, 파이프 오르간의 웅장한 소리를 동경하면서 성당에서의 결혼을 상상했었다.

하기야 특정 종교에 대한 믿음이 없었을 뿐 아니라, 생활 속에 녹아든 여러 종교를 비판 없이 수용하는 일본 사람들 속에서 어린 시절을 보냈으니 이런 생각을 하는 것도 특별한 일이 아니다. 아기가 태어나면 신사를 찾아 건강을 기원하고 사람이 죽으면 절에서 장례식을 치르는, 이른바 '산자의 일은 신사에서, 죽은 자의 의식은 절에서'라고 말하는 그들이 결혼식만은 교회를 선호하는 것 역시 특별한 설명을 필요로 하지 않는다. 예쁜 사진을 찍기 위해서다.

여하튼 우리 집 거실에는 시어머니가 걸어주신 십자가가 있고, 작은 성모상도 있다. 내 지갑에는 친정어머니가 입춘 때 절에서 받았다는 부적이 있다. 책장에는 파란색 바탕에 눈 하나 그려놓은 '나자르 본주우(악마의 눈)'를 올려놓았다. 질투의 시선을 반사한다는 터키의 부적이다. 일본의 작은 사찰에서 사온 '학업어수(學業御守)'라고 적힌 '오마모리'는 수험생 딸아이의 가방에 달았다. 우유부단한 나의 성격은 종교 앞에서도 다르지 않다. 종교를 가지고 누구랑 다투는 일도 없지만, 종교 속에서 내 마음의 안식처를 찾지 못하는 것도 사실이다.

반백년 살면서 수많은 시간 기도할 곳을 찾아 절에도 가고 교회도 갔었다. 어찌 예수님이나 부처님과 같은 커다란 존재 앞에 무릎을 꿇고 의지하고 싶은 마음이 없었겠는가. 그런데 솔직히 고백하자면 아들이 초코파이를 위해서 교회를 찾은 것과 하나 다를 바 없는 일이었다. 내가 갖고 싶은, 내가 원하는 그것을 얻기 위해서 손을 모았다. 더 많은 것을 더 좋은 것을 얻을 수 있는 영험한 곳이라면 어디라도 좋았다.

지금 나는 아들을 위한 진실한 기도를 하고 싶다. 초코파이를 위한 그런 기도가 아니라 내 마음을 내려놓고 전지전능한 분 앞에 무릎을 꿇고 의지하고 싶다. 대한의 아들을 둔 엄마로서.

모든 일에는 멈춤이 있더라

딸아이의 폭풍 성장

중학생이 된 딸아이가 마구 자라기 시작했다. 거짓말을 조금 보태면 어제 입었던 교복이 작아져서 오늘 다시 사러가야 할 형편이었다. 발도 엄청나게 커졌다. "전족을 해야겠다"고 제 오빠는 놀린다. 먹기도 얼마나 잘 먹는지 토스트를 마치 비스킷 먹듯했다.

이렇게 자란다면 키가 170cm는 훌쩍 넘을 것이고 발도 엄청 클 것이다. 아들도 아니고 딸이 너무 크면 이것도 걱정이라고 생각했지만 이게 뭐 내 마음대로 되는 일이 아니다. 교복 치마를 수선하고 아직 멀쩡한 신발을 작아졌다는 이유만으로 버렸다.

백화점 세일이라 찾았더니 마침 메이커 구두를 균일가로 팔고 있었다. 교복에 어울리는 단화가 있어서, 이때가 기회다 하고 사이즈별로 골랐다. 235mm, 240mm, 245mm, 250mm 네 켤레. 255mm도 담을까 했지만 보트만한 크기에 망설였다. 그리고 이렇게까지는 크지 않기를 바라는 마음에 내려놓았다. 네 켤레 똑같은 모양의 신발을 신발장에 나열하니 한동안은 신발 걱정이 없을 거라는 마음에 뿌듯했다.

235mm, 240mm의 단화는 뒷 굽이 닳기도 전에 버렸고, 245mm의 단화를 신기 시작했다. 이 신발을 신고 얼마나 시간이 지났을까. 현관에 놓인 딸아이의 구두를 보니 너덜너덜 헌 구두가 되어 있었다. 245mm의 신발을 한 학기 이상 신은 것 같다. 중학교 2학년부터인가, 3학년부터인가 키도 더 이상 자라지 않고 멈추었다.

1~2년 사이에 폭풍 성장을 한 딸아이의 키는 165cm, 발은 245mm. 그 이후에는 더 이상 자라지 않았다. 내년이면 대학생이 되는데 지금도 그대로다. 노력해서 살이 좀 **빠졌으면** 하는 바람이 있을 뿐이다. 전족을 해야 하니 어쩌니 했건만 요즘 아이들치고는 그리 큰 것도 아니다.

멈춤의 시간

신발장에는 신지 않은 250mm의 단화가 있다. 헤아려보니 5년이나 주인을 기다리고 기다렸건만 결국 한 번의 손길도 받지 못하고 버려져야 하는 신세가 되었다. 아이들을 키우다보면 이 시간이 영원할 것 같은데 생각해보니 길어야 20년이다. 젖병을 사고, 책가방을 사고 성장해가는 마디마디마다 필요한 것들을 사 모으면서 삶은 계속해서 팽창할 것으로 여겼건만 250mm의 구두가 남겨지는 것처럼 조용히 멈추는 때가 있다.

우리나라의 무한 경쟁 교육은 아이들만이 아니라 엄마들까지 참 힘들게 한다. 11월 찬바람 속에서 치러지는 수능은 한 아이의 12년 노력에 대한 결과물로 나타난다. 그래서 내 사랑하는 아이가 이날을 위해서 잘 달릴 수 있게 아낌없이 지원한다. 마치 브레이

크 없는 자동차처럼 달린다. 그런데 브레이크가 없는 것이 아니라 없다고 생각하고 찾지 않았을 뿐, 브레이크는 분명 존재하고 때가 되면 멈춘다. 세상에 영원한 것은 없다.

나야 달마다 또박또박 들어오는 신랑의 월급이 있으니 이런 사치스러운 소리를 하면서 250mm의 구두를 미리 사놓고 자식을 키우고 있지만, 우리 엄마는 혼자서 남매를 키웠다.

일본에 새터를 마련하고 살림을 시작한지 3년도 채 되지 않은 가을 아버지가 돌아가셨다. 막내는 초등학교 1학년이었다. 화장터 마당에 쭈그리고 앉아서 막대기 하나 들고 뭔가를 열심히 그리다가 잠자리를 쫓아 뛰기 시작했다. 그 모습을 보고 있던 엄마는, 뚝뚝 떨어지는 눈물을 감추지 못하고 있는 나에게 "너랑 내가 함께 저 어린 것을 키워야 하지 않겠니"라고 했다. 엄마의 말에 지금부터 살아야 할 까만 시간의 무게가 커다란 바위가 되어서 내려오는 것 같았다. 나는 중학교 1학년이었다.

우리 엄마, 오죽했으면 나한테 그런 말을 했겠는가. 그래도 참 훌륭하게 살았다. 잠자리 쫓던 놈 얼굴에 수염이 나고 돌봄의 대상이 아니라 든든한 기둥이 되까지, 영원할 것만 같았던 길고

험한 시간에도 끝이 있었다. 엄마가 시간을 돌린 것인지, 시간이 우리를 옮겨놓은 것인지, 나도 동생도 작지 않은 사람이 되어서 엄마 품에서 떠났다. 모든 일에는 끝이 있다. 지레 당겨서 겁먹고 두려워할 필요가 없다. 닥치면 다 할 수 있는 일이고, 때가 되면 멈추는 일이다.

250mm의 구두를 사고, 255mm의 구두까지 사려고 했던 지난 시간의 나의 모습이 마냥 우습다. 우리 집 신발장에 남겨진 250mm의 신발 주인을 찾아야겠다. 올 바자회에는 "신데렐라를 찾습니다"면서 이 신발을 내놓을까 생각중이다.

허세의 힘

엄마의 허세

나에게는 특별한 두 개의 반지가 있었다. 하나는 학교 마크를 새긴 졸업반지이고, 또 하나는 다이아몬드가 박힌 누가 봐도 결혼반지라고 알 수 있는 그런 반지다. 집에서는 손에 물이 마를 날이 없는 여자인지라 만날 반지를 끼고 있지 않다. 그래서 외출할 때는 반지를 더 찾아서 꼈다. 기분에 따라 이것도 껴보고 저것도 껴보고 뭐 그런 일도 있지만, 허세를 부리고 싶은 날에는 어떤 규

칙이 있었다. 아이들 친구 엄마를 만나는 날에는 학교 졸업반지를, 내가 사회에서 사귄 사람들을 만나는 날에는 결혼반지를 꼈다. 이것이 나의 허세였다.

늦은 나이에 대학원 진학을 한 탓에 아이를 키우면서 육아에만 전념할 수는 없었다. 그러니 다른 엄마들처럼 온종일 아이들에게만 정성을 쏟을 수 없다는 사실을 졸업반지에 담고 나갔다. "나는 아직 공부를 하는 사람인지라 여러분들처럼 학부모 모임이니 급식 당번 등 아이 학교의 일에 충성을 다 하지 못합니다"는 뉘앙스를 풍기고 싶었다. 그런가 하면 대학원 동료나 친구들을 만나는 자리에서는 결혼반지를 고집했다. "나는 아이를 둘이나 키우고 있으니 당신들처럼 공부만 한다거나 바깥일만 할 수는 없습니다"는 사실을 보이기 위해서다. 아이들 학교에서는 사회생활을 열심히 잘 하는 허세를, 대학원에서는 아이 둘을 야무지게 키우는 엄마로 허세를 부렸다.

그런데 몇 년 전 집에 도둑이 들어 반지를 둘 다 가지고 가 버렸다. 결혼반지도 졸업반지도 다시 만들어야겠다고 생각했었는데 그냥 그냥 시간이 지났다. 아이들이 다 자라 아이 학교에 갈 일도 없고, 이 나이에 육아가 힘드니 어쩌니 할 일도 없다. 이제 이런 일로 허세를 부릴 일도 없으니 굳이 반지를 다시 만들 필요를 느끼지 못하고 있다. 그렇다고 허세 없는 삶을 살고 있는가 하면 그건 아니다.

지금 나는 작은 구슬이 여럿 달린 반지를 끼고 있다. 컴퓨터 자판기 위에서 손가락을 움직일 때마다 구슬은 찰랑찰랑 소리를 내면서 흔들린다. "나는 글쟁이다." 글을 쓰는 일은 특별한 일이 아니다. 고로 이런 반지의 여유도 부릴 수 있다고 스스로 자만한다. 파자마 차림으로 책상 앞에서 이런 허세를 부린다.

아들의 허세

논산 육군훈련소 긴 담장 너머 들려오는 작은 소리에 귀를 기울이면서 3주가 지났다. 집집마다 귀하지 않는 자식 어디 있으랴. 아직도 솜털이 남아있는 아들을 군에 보내고 마음을 졸이지 않는 어미가 어디 있으랴. 내 나라가 슬픈 분단국이라는 사실을 이렇게 가슴 저리게 느끼는 것은 어리석게도 대한민국 군인의 엄마가 되고나서다.

세상이 좋아져서 육군훈련소 홈페이지를 통해서 매일 편지를 쓸 수 있다. 제대로 받아서 읽는지, 무엇이 궁금한지 대답을 들을 수는 없지만 "내 아들 대한의 아들 사랑 한다"는 글귀의 편지를 보낸다. 아빠에게도 동생에게도 편지를 보내라고 종용했다. SNS를 통해서 지인들에게 편지를 구걸했다. 많은 사람들이 너를 잊지 않고 사랑하고 있다는 사실을 전하고 싶었다.

지방에 사는 큰시누이로부터 바로 연락이 왔다. 컴퓨터를 못하니 대신 전해달라는 거다. 내용은 이랬다.

"어쨌든 몸조심하고 괴롭히는 놈 있으면 고모한테 넘겨라. 고모는 하느님 외는 무서운 게 없는 사람이니까. 우리 조카 힘들게 하는 놈은 작살내줄 거다."

환갑이 넘은 큰고모의 응원가 치고는 상당히 과격하다. 과격한 만큼 파워가 느껴지니, 나는 웃음을 참으면서 토씨 하나 바꾸지 않고 그대로 전달했다.

그리고 한 달은 더 지난 것 같다. 반가운 편지를 받았다. 고모의 응원가를 받은 그날 쓴 편지인 모양인데 논산에서 서울까지 이렇게 먼 시간이 걸린 모양이다. 그나저나 고모에게 전해달라는 말이 가관이다.

"어디서 누굴 괴롭히지도 않겠지만 괴롭힘을 당할 놈은 아닙니다. 걱정하지 마십시오."

눈물이 핑 돌면서 다부진 군복의 아들 모습이 떠올랐다. 든든하다. 어디서 보면 아주 험한 집안사람들이라고 흉볼지도 모르겠다. 그래도 이런 말들이 오가는 가운데 마음이 따뜻해지는 것은 내가 모자라도 한참 모자라는 사람이라서 그럴까. 병아리 한 마리도 손으로 못 잡는 놈이 부리는 허세에 마음이 놓이고 든든해지니 말이다.

50년 후에는 국보

그림 들고 출국

자식을 키우다 보면 별별 경험을 한다. 아들이 초등학교 관현악 단원으로 팀파니를 맡게 되었을 때는 타악기 전문 가게를 찾아 마치 음악에 대한 조예가 깊은 사람인 척하면서 북채를 골랐다. 스케이트를 가르치면서는 냉장고 같은 아이스링크 트랙 구석에 서 스케이트 날을 갈기도 했다. 부엌칼도 한번 안 갈아본 내가 말이다.

이번에는 딸아이 이야기다. 일본 미술대학 입시를 치르게 되었다. 면접 때, 포트폴리오와 작품 하나를 가지고 가야 하는데 준비한 작품이 F30 사이즈의 유화다. 90×73 크기의 캔버스를 비행기 태워서 가져가야 한다.

다치면 안 되는 것이니 기내에 직접 들고 들어갈 생각으로 간단한 박스처리를 하고 손잡이를 만들었다. 그런데 이게 웬일인가. 출국 수속을 하는데, 이 크기는 기내 반입이 안 되는 고로 화물로 보내야 한다고 했다. 사실 이거야 튼튼하게 싸면 되지만, 더 큰 문제는 이 작품이 해외 유출 가능한 것이라는 감정을 받아야 한다는 것이다.

이른바 우리나라에서는 국보나 보물 같은 국가문화재를 해외로 유출하는 것이 금지되어 있으니, 지금 들고 나가는 이 작품이 문화재가 아니라는 사실을 문화재청 문화재감정관실에서 감정을 받고 비문화재라는 사실을 확인받아 와야 가지고 나갈 수 있다.

상당히 친절하게 설명해주었지만 무슨 말인지 당황스러웠다. 그래도 공항 국제선 출국수속을 하는 바로 그 층에 문화재청이 운영하는 문화재감정관실이 있었고, 커다란 작품을 들고 어리버리하게 기웃거리는 우리를 보자 무엇을 하러 왔는지 금세 알아차리고 안내하는 사람이 있어서 다행이었다.

문화재가 아닌 내 작품

아직도 젖살이 빠지지 않은 볼에 지금이라도 터질 것 같은 여드름을 가진 여자아이가 교정한다고 철사로 두른 이를 번쩍이면서 "이 그림 제가 그린 건데요. 이게 우리나라 문화재인지 아닌지 감별해주세요"라고 되바라지게 말했다. 그리고 한마디 더 "내가 내 작품이 문화재가 아니라는 사실을 밝혀야 한다니 참 속상합니다"란다. 어디 이리 당돌한 아이가 있겠는가.

옆에서 보고 있던 나는 "아니 그게 아니고, 일본대학 측에 보여야 하는 것이니 가지고 나갈 수 있도록 허락해주세요"라는 말을 덧붙였다. 원래 나는 '청'자가 붙은 곳에만 오면 주눅이 들어 눈도 바로 뜨지 못한다. 그런데 이 딸내미는 무슨 배짱인지 모르겠다. 이러다 혹시나 가지고 나가지 못해서 입시를 망치면 어쩌나 하는 마음에 고개를 더 숙이고는 아이를 째려봤다.

이런 우리 모녀의 모습이 우스웠던 모양이다. 크게 한번 웃고는 따뜻한 목소리로 "이 작품은 국보가 아니니 일본으로 가지고 나갈 수 있도록 확인해드립니다. 그런데 50년 후에는 우리 화백님의 그림이 국보라서 가지고 나가기 어렵겠는데요."

이런 예쁜 말을 듣고 병아리 화백은 엄청 기분이 좋아진 모양이다. 50년 후에는 대가가 되어있을 거라는 확신을 품고 '해외 유출 가능'의 도장을 받은 커다란 작품을 들고 당당하게 걸어 나간다.

훗날 이 아이가 작가로 훌륭하게 성장한다면, 문화재감정관실의 감정사님의 말씀 하나가 큰 힘이었다는 사실을 기억할 것이다.

후회하는 일

젊은 아빠의 질문

자식을 공부시키려면 할아버지의 재력, 엄마의 정보력, 아빠의
무관심이 필요하다는 말은 이제 더 이상 우스갯소리도 아니다.
"우리야 정보와 무관심은 확실한데 할아버지가 없잖아" 브런치
타임의 동네 커피숍에서는 이런 말들이 오고 가고 웃음소리와
함께 엄마들의 이야기가 늘어진다.

아빠의 무관심이라고 하는데, 최근 내가 만난 아빠들은 자식 교육에 대해서 관심이 많다. 학원 설명회에 가면 꼭 아빠들의 모습이 보이고, 하물며 학교에서도 아빠들의 모임이 생겼다는 말을 들었다.

S출판사의 이 팀장과 처음 만난 건 10년하고도 몇 년이 더 되었다. 독신주의라던 남자가 어느 날 결혼을 하고 한 아이의 아빠가 되었다. 그 아이가 벌써 초등학교 2학년이라고 한다. 오랜만에 같이 책을 만들게 되어서 만났다. 그리고 차 한 잔.

"선생님은 아들을 키우시면서 후회되시는 일이 없으신가요." 희한한 질문이다. "뭘 어떻게 잘 키워야 하느냐"가 아니라, "후회되는 일"을 질문하다니. 역시 출판인답다. 나의 후회담을 가지고 본인은 실수 없이 잘 키워보겠다는 젊은 아빠의 심보가 얄밉기보다는 미소 짓게 한다.

후회 1

첫째, 왜 영어권으로 조기 유학을 보내지 않았을까 후회한다고 했다. 우리 아들 토플 점수를 받아본 다음날이라 나의 머릿속에는 형편없는 그 점수만 기억되었다. 주변에는 너나할 것 없이 참 많은 친구들이 조기유학을 다녀왔다. 물론 그들이 다 좋은 성적을 내는 것은 아니다. 그래도 내 눈에는 조기유학을 다녀와서 더 좋은 점수를 내는 아들 친구들만 보였다.

초등학교 때부터 조기 유학을 생각해보지 않았던 것은 아니다. 그러나 자식을 혼자 떼어 외국으로 보내는 그런 독한 짓을 해서까지 영어를 시켜야 한다는 것에 회의를 가졌다. 사춘기 시절을 혼자서 보내야 한다는 것이 어떤 의미를 가지는지 두려웠다. 방과 후 교육까지 모두 책임진다는 유학원을 찾아가 상의를 한 적도 있었지만 유난히 비싼 유학비 역시 무시할 수 없었다.

둘째, 혼자 보낼 수 없었다면 왜 '기러기 아빠'를 하고 같이 떠나지 않았을까 후회한다고 했다. 떨어져서는 도저히 살 수 없는 잉꼬부부도 아니면서, 이것저것 걸리는 게 어찌도 그리 많았는지. 크게 훌륭한 일을 하는 것도 아니지만, 학위 준비를 하면서 매 학기 한두 과목 맡은 강의도 무시할 수 없었다. 7시면 칼같이 귀가해서 아이들을 챙기는 착한 남편을 혼자 두고 돈만 보내달라는 말은 생각할 수도 없는 일이었다.

셋째, 왜 영어유치원을 보내지 않았을까. 우리 아이가 유치원에 갈 당시 영어유치원이 막 유행하기 시작할 때라 앞집도 뒷집도 영어유치원 버스를 태워서 보낼 때, 나는 동네 유치원 봉고차에 태웠다. 우리 아이가 유독 말이 느리다는 이유도 있었지만, 일반 유치원보다 배나 되는 등록금을 지불하는 일은 쉬운 일이 아니었다.

넷째, 왜 원정출산을 하지 않았을까. 90년대 초, 내 주변에는 원정출산을 한다고 미국으로 나가는 친구들이 있었다. 미국에서 출산하면 그 아이는 미국영주권자가 된다는 것이다. "무슨 망측한 짓을 하는가" 싶었다. 출산이라는 두려움 그 자체만으로도 눈앞이 캄캄한데, 말도 통하지 않는 그 먼 곳을 가야 한다는 것은 나에게는 상상하기도 어려운 일이었다. 그래도 주변의 용감한 친구들은 그 일을 감행했고, 그 아이들은 미국 대학을 준비한다고 야단들이다. 선택의 폭이 넓은 건 분명한 사실이다.

서울대가 아니라 서울에 있는 대학을 재수하지 않고 가려면 전국 5%의 성적이어야 하고, 대강 계산하면 한 학급에서 1~2명이 이에 해당한다는 경쟁에서 한눈을 팔 수 있는 생각의 여유만이라도 가질 수 있다는 게 마냥 부럽기만 하다.

육아의 대가라도 된 양 구구절절 "나는 후회한다"고 말했다. 그런데 중요한 사실은 시간이 되돌아 다시 선택할 수 있는 기회가 주어진다고 해도 나는 똑 같은 고민을 했을 것이고, 어떤 선택을 할지는 장담할 수 없다.

후회 2

돌아오는 길 버스 안에서 다시 생각했다. '후회하는 일'이라.

우리아이가 지금의 이 팀장의 아들만할 때 '스파이더맨'을 보러 갔다. 매일 밤 잠자리에 영어테이프를 틀어주고 학원도 열심히 보낼 때였다. 집에 와서 하는 영어 한두 마디가 기특하기 그지없었다. 나는 욕심이 나서 영화를 볼 때 자막을 보지 말라고 했다. 아이들은 스펀지처럼 다 빨아들여서 이해할 것이라고 믿었다.

영화를 보고 나오면서 멋진 대사를 기억할 것이라고 기대했는데, 우리 아들 아주 신나는 얼굴을 하고 나를 향해서 손바닥을 내밀더니 "얍~"이라고 외치고 책상 위로 뛰어올랐다. 스파이더맨이 손에서 줄을 뿜어내는 그 포즈다. 그때 나는 알았어야 했다. 우리아이에게 필요한 것은 영어가 아니라는 사실을. 잠자리에 영어 테이프가 아니라 재미난 이야기를 들려주면서 "잘 자라"는 말을 했어야 했다.

그리고도 후회하는 일……

외갓집에 갔을 때, 하룻밤만 더 자면 불꽃놀이를 구경할 수 있었는데 학원에 보내야 한다는 이유로 매몰차게 짐을 꾸리고 올라왔다. 어린 게 뭐 그리 배워야 할 게 많다고.

친구들과 싸우면 나는 무조건 우리 애를 나무랐다. 한마디 말도 들어주지 않고.

시험지를 들고 오는 날에는, 나는 왜 동그라미를 보지 못하고 항상 ×표만 보았을까. 왜 잘했다고 칭찬하지 못하고, 잘못된 것만 나무랐을까.

중학생이 되었다는 이유만으로 왜 바이올린 줄을 풀고 옷장 속으로 가두어버렸을까.

그리고 또 후회하는 일……, 더 많이 칭찬하고 더 많이 사랑한다는 말을 하지 않았을까. "너는 소중한 내 아들"이라고 왜 말해주지 않았을까.

버스에서 내렸다. 오늘은 우리 애가 좋아하는 크림빵이나 사가야겠다.

엄청난 감투

내가 경험한 감투 중에서 가장 큰 것은 '학부모 회장'이다. 아들이 학생회장이면 그 어미는 자동적으로 맡게 되는 감투다. 아들이 중학교 2학년말 "뭐든 경험해보는 건 좋은 일이야"라면서 학생회장 선거에 출마했다. 현 학생회장을 친형으로 둔 강력한 후보가 있는지라 승산이 없는 선거였지만, 그래서 편안한 마음으로 출마할 수 있었다. 12월 출기는 얼마나 추운데 교문에서 유세를 한다고 새벽처럼 등교했다. 이것도 선거판이라고 재미난 이야기들이 한둘 아니었다. 평상시 죽고 못 산다고 붙어 다니던 친구보다는 이런 '놀이'를 좋아하는 친구들이 더 난리였다.

유세한다고 아침밥도 못 먹고 나왔을 거 같아서 호빵에다 뜨거운 코코아를 담아 보냈는데 이것 먹는 재미로 유세는 재미를 더했던 거 같다. "야, 내일은 너네 엄마가 뭘 보내주실까?" "미국 놈 거시기만한 소시지도 먹고 싶다." 이 말에 나는 미제 소시지를 사러 수입품 상가에도 갔다. 춥다고 장갑도 사서 보냈다. 문방구에서 팔다 남은 진한 핑크색을 싸게 준다고 해서 왕창 사서 보냈더니, 우리 아들은 "이런 색의 장갑을 누가 껴"라고 했지만, 유세장의 친구들은 "정열적이다!"면서 끼고는 두 손을 들고 낄낄거리고 또 낄낄거렸다고 한다.

복도에서 상대편 후보자 팀들과 마주치자 기 싸움도 했다. 어깨를 크게 뒤로 젖히고 "너네 공약은 뭐냐?" 학교에 매점을 설치하겠다는 거창한 공약을 들고 나온 상대 후보자의 말에 할말이 없어 버벅거리자, 옆에 있던 친구가 "우린 신비주의로 간다."라고 했단다. 후보자는 부실했지만 참모는 훌륭했다.

선거는 알 수 없는 것인지라, "열심히 하겠습니다"는 말밖에 한 게 없는 우리 아들이 회장이 되었다. 선거 다음날 긴장이 풀린

탓인지 열이 펄펄 났다. 그래도 학교는 가야 한다면서 이불에 둘둘 싸서 교실이 아니라 양호실로 데리고 갔는데, "용정이 어머니세요?"라면서 찾아온 선생님이 계셨다. 아들을 학교 보내면서 학교 안에 들어간 것은 입학식 이후 처음의 일이라, 이 사람이 궁금했던 모양이다.

아들의 학생회장 선거는 나를 학부모회장으로 만드는 선거였음을 처음 알았다. 이렇게 나는 엄청난 감투의 주인공이 되었다. 이 자리가 어떤 자리인지 아는가. 체육회 때, 단상 위 교장선생님 옆 자리가 내 자리였다. 살다보니 이런 일도 있었다. 자식을 키운다는 건 또 다른 나를 경험하는 일이었다.

III

여자
그리고
남자

조강지처 우리 집 소파

체스터필드 소파

오빠가 이사를 하면서 소파를 없앤다는 말에 얼른 쫓아가 침을
발랐다. 영국 냄새가 물씬 나는 나는 일명 체스터필드 소파다. 등받이
와 팔걸이 높이가 같고, 가죽 주름을 일정 간격으로 마감한 단추
가 깊게 박혀 있다고 하면 연상되는 바로 그 고전적 디자인의 소
파다. 초록빛깔의 가죽은 중후하고 멋졌다.

우리 집 거실에도 소파가 없는 건 아니다. 10년도 훨씬 전에 아주 실용적인 소파를 하나 마련했다. 평상시에는 소파 모양을 하고 있지만 필요에 따라 등받이를 움직이면 침대로 변신하는 소파침대다.

집이 작아서 침대 따로 소파 따로 둘 수 없을 때 이것 하나로 낮에는 소파 밤에는 침대로 사용했다. 등받이를 움직이기 귀찮은 날에는, 낮에도 침대 모양으로 거실을 차지했다. 방이 하나 더 많은 집으로 이사를 하면서 드디어 제대로 된 침대를 마련해서 방에 두고, 소파침대는 소파의 모양을 하고 거실에 자리를 잡았다. 이 기회에 소파도 새것으로 바꾸고 싶었지만 이사하고 난 뒤라 주머니 사정이 허락치 않으니 소파침대의 천만 갈아입혔다.

이후 등받이를 세워서 소파 모양만 고집했었는데, 어느 날 누워서 TV를 본다고 옛 추억을 더듬어 침대로 만든 후 그 편안함에 반해서 계속 침대 모양으로 사용하게 되었다. 이사 온 집은 거실이 넓어서 소파를 침대로 만들어도 그리 답답하게 보이지 않았고, 등받이용 쿠션을 몇 개 올려놓으니 침대인지 소파인지 생각하기 나름이었다.

어쩌다 손님이라도 오는 날에는 소파로 만들어 거실을 넓히는데, 밤이 되면 불편하다고 다시 침대로 만들고 올라앉아 뒹굴뒹굴 야식을 먹었다. 우리 집 사람들은 이렇게 하루를 마무리했다. 그러다 먼저 잠들면 임자다. 아들이고 딸이고 이제는 무거워서 안아 옮길 수 없으니 이불 하나 던져주면 끝이다.

체스터필드 소파는 영국의 체스터필드 백작이 디자인해서 혹은 애용한 것이라 이런 이름을 가지게 되었다는 설, 18세기 영국 체스터필드시의 4대 시장이었던 필립 도머 스탠호프의 주문으로 만들었다는 설 등 그 탄생에 대한 이야기가 여럿이다. 여하튼 200년 이상의 역사를 가지고 고급 저택의 거실을 장식했으며 신사 클럽의 전형적 소파로 자리한 것임은 의심할 여지가 없다. 이런 물건이 우리 집 거실에 들어오게 되었으니, 우리의 거실에서의 생활 패턴도 바뀔 것이 분명했다.

소파의 존재 가치

거실 중앙에 체스터필드 소파를 들이면서 낡은 소파침대는 없애기로 했다. 그런데 대형 폐기물은 별도로 신고를 하고 배출해야 하는 번거로움 때문에 일단 소파로 만들어서 부피를 줄이고 창가 쪽으로 밀어두었다. 남편이 집에 있을 주말에나 버려야겠다면서 미루었다. 어쩌면 오랜 시간 익숙해진 소파와의 이별이 아쉬웠기 때문인지도 모른다.

보기도 좋고 멋진 소파지만 아이도 남편도 여기에 앉기보다는 창가 쪽 소파침대에 몸을 던졌다. 누구도 소리 내어 "다시 등받이를 내려서 침대로 만들어 원래대로 쓰고 싶다"고 말하지는 않았지만 우리의 몸은 낡은 소파침대에 익숙해 있음을 숨길 수 없었다. 소파 모양으로 만들어 작아진 그 자리에서 잠이 들면 불편하겠지만 역시 이불을 덮어줄 수밖에 없었다.

큰 결정을 내렸다. 우리 집 거실인데 누가 무슨 말을 하겠는가. 나는 끙끙거리면서 소파침대의 등받이를 내려 다시 침대로 만들고 원래의 자리로, 멋진 체스터필드 가죽소파를 창가 구석진 자리로 옮겼다. 늦은 시간 귀가한 가족들의 반응은 당연 환영이었다. 거실에서의 우리 가족의 시간은 체스터필드 소파보다 소파침대가 더 잘 어울린다는 사실을 누구도 말하지 않았지만 알고 있었다.

"역시 조강지처가 최고야"라는 어린 딸아이의 말에 웃음이 터졌다. 맞는 말인지 아닌지, 어쨌든 무엇을 말하고 싶은지는 알겠다. 물건은 다 제 자리가 있는 법이다. 이 물건이 가지고 있는 가치만큼의 자리가 있는 법이다. 우리 집 낡은 소파침대가 '고급' '아름다움' '세련됨' 뭐 이딴 것으로 존재했다면 가죽소파가 들어오는 그날 그의 존재는 바로 잊히고 말았을 것이다.

그만이 가지고 있는 존재의 가치는 누가 말하지 않아도 조용히 빛나는 것이다. 소파 하나도 이러니 사람의 존재 가치는 어떻게 더 말하겠는가.

가치만큼의 자리

꽃과 커피를 사랑하는 식탁

우리 집에는 또 하나 사연이 있는 가구가 있다. 식탁이다. 선배
가 큰 집으로 이사 가면서 6인용 고급 식탁을 마련했다. 아름다
운 주방은 여자의 로망이다. 싱크대 서랍 손잡이 하나하나 예쁜
것으로 고집하고 장식한 주방에 어울리는 멋진 식탁을 찾기 위
해서 발품도 꽤 팔았던 것 같다.

가구단지를 찾아 상당히 먼 곳까지 다녔고, 엔틱 시장이니 수입가구 가게니 족히 한 달은 돌아다녔다. 오지랖 넓은 나는 따라다니면서 별 참견을 다 했고, 드디어 마음에 쏙 드는 식탁을 찾았다. 바로크 양식이니 로코코 스타일이니 하는데 나는 잘 모르겠고 엄청 크고 반짝반짝 빛나는 좋은 것이라는 사실만 알았다. 식탁 다리는 나선형으로 꼬여서 마치 건축물의 기둥과 같이 웅장하고 도드라진 부조는 장중하고 엄격한 느낌마저 주었다. 의자 다리 하나하나는 마치 독수리 발과 같은 모양을 하고 발톱은 도금되어 반짝였다. 새집의 커다란 주방에 자리한 식탁 위에는 항상 꽃이 장식되었고 여자들의 수다는 커피 향과 더불어 끝나는 날이 없었다.

그런데 이게 웬일인가. 선배는 이사하고 1년도 지나지 않아 사업차 멀리 외국으로 떠나게 되었다. 식탁은 아직 학교를 마치지 않은 아들 둘을 위해서 마련한 작은 오피스텔로 옮겨졌다. 다른 물건들은 다 정리를 했는데, 식탁은 너무 크고 고급이라 쉽게 원하는 이가 없었고 헐값에 팔고 싶지 않은 주인의 마음이 더해져 이렇게 남겨졌다. 어쩌면 조만간 귀국해서 다시 꾸미고 사는 날이 있을 거라는 희망도 무시하지 못했다.

선배는 아들을 챙긴다고 간혹 귀국했는데, 된장 들고 고추장 들고 선배 만나러 가면 오피스텔 공간을 거의 다 차지하고 있는 식탁이 참 안타까웠다. 식탁 위에는 꽃이 아니라 커피가 아니라 머슴애 속옷이 올라있고 냄새나는 양말 한 짝이 굴러다니고 어제 먹은 컵라면이 그대로 남아있었다. 아무리 좋은 물건이면 뭐하나. 주인이 챙기지 않으면 호마이카상만도 못한데.

식탁의 존재 가치

그리고 얼마 후 나도 방이 하나 더 많은, 주방이 넓어서 음식을 하는 자리와 밥을 먹는 자리를 구분 짓는 칸막이가 있는 그런 집으로 이사를 하게 되었다. 도배를 마치고 나는 선배에게 가장 먼저 연락을 했다. 선배의 그 식탁을 잘 모실 수 있는 자리를 마련했으니 나한테 넘겨라는 말을 하기 위해서다.

이사 오는 날, 오피스텔에 들러서 의자가 6개나 되는 식탁을 이삿짐 차에 실었다. 선배의 두 아들은 공간이 넓어졌다고 좋아라 했다. 선배는 선뜻 팔지도 없애지도 못해서 껴안고 있는 뜨거운 감자와 같은 식탁을 가져간다니 앓던 이 뽑은 것만 같다는 말을 하면서도 아쉬움이 묻어났다.

없는 돈에 집을 넓히고 이사하는 입장이라 쓰레기통 하나 바꾸지 못하고 챙겼는데, 식탁만은 4인용 싸구려 식탁을 버리고 반짝반짝 빛나는 마치 작품 같은 웅장한 식탁을 가져다 앉혔다. 그래 이거다. 이놈은 오피스텔의 작은 공간에 있을 놈이 아니다. 이 정도의 공간은 되어야 제 자리라고 할 수 있지 않겠는가.

결국 제가 가진 가치만큼의 자리를 언젠가는 찾아가는 법인가보다. 오늘도 나는 식탁 위에 꽃을 꽂고, 커피 향을 즐긴다. 원래 주인이 그랬던 것처럼.

03

뽀송뽀송한 수건과 주부의 함수관계

나는 주부다

주부로 산다는 건, 나를 위해서 찬장 속 예쁜 커피 잔을 꺼내는 일이 없는 것. 나만을 위해서 밥상을 차리는 일이 없는 것. 뽀송 뽀송한 새 수건 꺼내서 쓰는 일이 없는 것. 이런 말을 하면 친정 엄마는 많이 속상해한다. "여자 팔자 만들기 나름이니 그렇게 살지 말라"고. 그런데 우리 엄마 역시 평생 자신만을 위한 상을 차리는 모습 보지 못했으니 어쩔 수 없는 모녀다. 하지 못하는 것이 아니라 하지 않는다는 사실이 위안일 뿐이다.

바쁜 아침시간 시시각각 먹고 나간 자리에 나 홀로 남아서 신랑이 남긴 밥, 아들이 남긴 국에 밥을 더하고 국을 더하고 아침을 때우는 일도 많다. 몇 조각 남은 김치는 그릇을 비워야 한다는 생각에 먹는다. 이렇게 식사를 위한 식사인지 설거지를 위한 식사인지 모르는 건 아침만의 일이 아니다. 상을 차리고, 아니 누가 차려준 상이라 할지라도 모두가 모여서 먹다보면 아주 조금 남겨지는 음식이 있다. 한 젓가락 두 젓가락이면 접시를 비울 수 있으니, 밥을 다 먹고도 나는 그것을 찾아서 수저를 움직인다. 깨끗하게 비워야 설거지하기 편하다는 생각에 나의 손은 부지런히 움직인다.

설거지하고 청소기 돌리고 이제야 내 시간이라고 소파에 몸을 던져 TV 리모컨을 찾을 때도 주부는 소박하다. "커피 한잔 마셔야지"하면서 좀 전에 마신 물 잔에 믹스커피 두 봉지 뜯어 달콤함을 즐긴다. 티스푼 꺼내는 일 없이 눈앞의 수저통에서 젓가락을 하나 잡고서 젓는다. 설거지한다고 눅눅해진 윗도리는 조금 불편할 뿐 갈아입을 정도는 아니다.

탕에 물을 담고 목욕하는 날은 유독 바쁘다. 아들 먼저, 딸 먼저 씻고 나오라고 떠미는 건 내가 할 일이 있기 때문이다. 미지근해진 물에 잠시 몸을 담그고 손빨래니 목욕탕 청소니 이날이 아니면 하기 힘든 일들이 가득하다. 수건을 쓸 때도 수납장 안 새 것을 꺼내는 일은 언감생심이다. 누군가가 쓰고 던진 수건을 찾아서 얼굴을 닦고, 그 수건으로 세면대의 물기와 수도꼭지의 물기를 훔친다.

나도 홀라당 양말을 뒤집어 벗어 소파 밑으로 던지고 싶을 때가 있지만, 그런데 어쩌나 어차피 내가 주워서 빨아야 하는 내 일인지라 곱게 들고 세탁 바구니 속으로 가져간다. 효자손 들고 침대 밑이니 책상 밑이니 흩어진 짝짝이 양말 찾아다니는 일을 누구도 대신 해주지 않으니 말이다.

뽀송뽀송한 수건

동네 스포츠센터의 회원이 되면서, 나도 마구 쓰고 던져버릴 수 있는 기회가 생겼다. 깔끔하게 정리된 체육복과 양말을 날름 가져다 입고, 땀도 나지 않을 정도 런닝머신을 걷고는 아무렇게나 벗어서 세탁 바구니를 향해 던진다. 바구니에 쏙 들어가면 다행이지만 그렇지 않는 경우도 허다하다. 여기서 나는 뛰어가서 줍고 다시 바구니에 담는 그런 바른생활 회원이 아니다. 여기서만은 그러고 싶지 않는 것이 솔직한 마음이다. 주변의 눈을 의식하고 양심이 살그머니 떨리기도 하지만, 원래 그런 사람인 척 둔해서 모르는 척 그 자리를 벗어난다.

뽀송뽀송한 하얀 수건을 양손에 한 장씩 들고 머리를 훔치고 몸을 닦는다. 그리고는 역시 훅 던진다. 두 장을 쓰고도 모자라다고 한 장 더 손에 들고 머리에 남은 물기를 닦아낸다. 최고의 사치다. 이것을 뒷정리해야 하는 누군가에 대한 미안함보다는 쾌감을 즐긴다. 나도 이런 호사를 오래전부터 누려왔던 사람인양, 누릴 줄 아는 사람이며 누릴 수 있다고 자만한다. 여기서 나는 주부가 아니다. 소중한 회원이다. 내가 던진 수건은 직원이 주워서 세탁하고 다시 깔끔하게 정리되어 나온다. 내 일이 아니다. 직원의 일이다.

그런데 얼마 전부터 대자보 하나가 내 마음을 불편하게 했다. '타월 1장 사용하기 캠페인'을 한다는 거다. 타월 사용량을 줄여서 절약된 금액을 어려운 이웃에게 나눈다는 내용이다. 지난달 1인 평균 타월 사용이 0.11장 절감되어 192,030원 기부금이 적립되었다는 내용이 상세하게 기록되어 있었다. 잘 모르기는 하지만 타월 세탁비를 줄이고 그 만큼의 돈을 기부한다는 뜻이다. 캠페인을 통해 모은 후원금으로 지역 취약계층 독거 어르신께 쌀이랑 영양제 등을 선물했다는 내용도 있다.

좋은 일이다. 훌륭한 일이다. 그런데 왜 하필이면 수건인지 모르겠다. 기사가 모는 외제차를 타고 오는 회원도 있고 명품 가방에 꼬부랑글씨가 적힌 화장품을 담고 오는 회원도 많으니 거창하게 기부금 조성을 해서 이웃을 도울 수 있는 일도 많고 많겠구먼 왜 하필이면 수건일까. 이건 완전히 보여주기 위한 캠페인이라고 혼잣말로 투덜거린다.

머리에 감았던 눅눅해진 수건을 풀어서 알뜰하게 물기를 훔친다. 뽀송뽀송한 수건 한 장 더 탐이 나지만 이 정도야 나도 협조해야 하지 않을까. 사용한 수건은 보지도 않고 바구니를 향해 툭 던진다. 에라 모르겠다, 이 정도는 허락되겠지. 여기서는 주부가 아니고 싶다. 몇 발자국 가다가 그래도 뒤가 켕겨서 한번은 돌아본다. 내가 던진 수건이 세탁 바구니 속으로 제대로 들어갔는지.

"그래, 주부는 주인이라는 뜻이지. 주인은 나보다는 가정을, 그

리고 이 사회를 먼저 생각해야 하는 사람이잖아." 이런 혼잣말을
하면서 다음달 1인 평균 타월 사용이 얼마나 절감될지 궁금해
한다.

여자 그리고 남자

남녀칠세부동석

총동문회에서는 매년 여름 여행을 한다. 올해는 북해도를 다녀왔다. 4박5일 하코다테, 삿포로 등등 어지간히 돌아다녔는데 어찌 기억나는 것은 밤마다 마신 맥주밖에 없으니, 이건 뒤늦은 수학여행과도 같았다.

북해도에서의 술자리도 부족해서 오늘은 강남의 호프집에서 다시 뭉쳤다. 이 자리에는 누구도 부를 것을, 누구도 오라고 할 것을 정겨운 이름이 툭툭 튀어나왔다. 그러다 타임캡슐을 타고 30년 전 그 옛 시간으로 돌아가 누가 누구를 좋아했니, 누가 누구에게 차여서 군에 갔니, 휴학을 했니, 알고 있는 이야기도 몰랐던 이야기도 마구 쏟아졌다.

초등학교 4학년 때부터 남녀 분반이 되었고, 남중·남고를 다녔으니 같은 과 여학생은 특별한 사람이었다고 고백했고, 역시 여중·여고를 나온 친구도 남학생들과 함께 해야 하는 대학생활이 힘들었다고 했다. "어차피 만나서 같이 살아가야 하는 세상인데 학교는 왜 그런 못된 짓을 했을까." "남녀칠세부동석이 뭐냐, 남녀칠세지남철인데"라면서 크게 웃었다.

그런데 나는 달랐다. 고등학교 때까지 일본에서 공부한 나는, 중학교도 고등학교도 남학생들과 책상을 나란히 같이 공부했다. 그러니 대학에서 남학생들 때문에 힘들었다는 기억은 특별히 없다. 그래서일까. 섭섭하게 그 누구도 "고선윤 때문에 가슴앓이를 하고 군에 갔다는 이야기"는 없었다. 여학생이기보다는 '친구'로 다가갈 수 있는 여유가 좋기도 했고 나쁘기도 했던 거 같다.

그러고 보니 나는 유치원에서 대학, 아니 대학을 졸업하고 직장생활을 하기까지 여자만의 공간을 경험해본 적이 없다. 여자형제도 없으니 집에서도 마찬가지였다. 내 주변에는 항상 '여자사람' '남자사람'이 어울려 있었다. '여자' '남자'로 구분되는 경우는 대중목욕탕 정도다. 하기사 일본은 대중목욕탕을 가도 훈도시만 찬 남자가 여탕을 청소한다고 왔다 갔다 하고, 안주인은 남탕 여탕이 다 내려다보이는 자리에 앉아서 돈도 받고 비누도 팔고 있으니 이것 역시 완전히 구분된 여자만의 공간이라는 생각이 크게 없었다.

오롯이 '남자'이고 '여자'로서의 심오한 만남인 선 자리에서도 "좋은 사람 같으니 친구 합시다"는 말을 들은 게 한 두 번이 아니었고, 사실 친구로 이어져서 지금도 친구인 사람이 있다. "나이 서른이면 금값 은값 좋아하네 녹슨 구리 값도 안 된다"는 집안 어른들의 온갖 구박을 견디던 시절, 운이 좋았는지 나빴는지 어리숙한 사람이 '남자'라는 이름으로 성큼성큼 다가와서 지금도 한 집에 살고 있다. 이 남자도 지금은 남자이기보다는 '가족'이다.

함께 살아야 하는 공간

늦은 나이에 공부를 시작했고, 서울의 모 여대에서 강의를 하게
된 그 첫날의 기억은 특별하다. 강의실 문을 여는 순간 분내가
찐하게 내 코를 찔렀고 알록달록한 시선이 나를 주목하는데, 그
순간 이유모를 주눅이 들어서 뒤로 한발자국 물러서 길게 호흡
을 가다듬었다. 솔직히 무서웠다.

남녀 적절하게 섞여 약간은 긴장하고 견제하는 가운데 적당히
만들어지는 나만의 공간을 유지하면서 어디까지는 보여주고 어
디까지는 숨겨야 하는데, 이 공간에서는 숨길 수 있는 것도 숨을
수 있는 곳도 없었다. 앙증맞은 모양의 화과자를 먹었을 때 너무
심하게 달아서 머리가 띵해진 기억이 있다면 바로 그 맛이었다.
설사 그것이 너무 뜨거워서 입천장을 데는 한이 있어도 쓴 말차
를 벌컥벌컥 마시고 싶은 그런 느낌을 알런지 모르겠다.

그렇다고 내가 여학교를 다니지 않은 것을 아쉽다고 생각한 적
은 없다. 결혼 당시 신랑은 외과 레지던트 1년차였다. 그 친구들
역시 응급실에서 뺑뺑 도는 레지던트 1년차라 금요일 낮 결혼식
을 찾아올 수 있는 사람은 많지 않았다. 다행히 '남자과'에 속하

는 나의 많은 '남자사람친구'들이 신랑 친구 자리를 채우면서 '신랑 신부와 친구들 사진'은 남녀 균형이 이루어진 그림으로 완성되었다. 그러니 이 얼마나 좋은 일인가.

세상은 어차피 남녀가 함께 사는 공간인지라, 여자만 혹은 남자만 존재하는 공간이야말로 비정상이라고 생각한다. 그래서 아들이 고등학교 입학할 때에도 남자학교를 고집하지 않았다. 사실 똑똑하고 딱 부러지는 여학생들이 너무 많아서 내신이 불리하다는 이유로, 아들이 너무 잘 생겨서 연애할 우려가 있다는 이유로, 남자학교를 찾아서 이사하는 학부모도 내 주변에는 적지 않았는데 말이다.

05

아줌마의 팔씨름

여자들만의 공간

불혹의 나이가 되고 나에게 변화가 생겼다. 이성 앞에서의 설렘보다는 여자들의 수다가 더 좋고 여자들만의 공간을 온돌방 아랫목처럼 따뜻하게 느낀다. 여자형제가 많은 친구가 부러워서 나도 좀 끼워달라고 징징대기도 하고, 슬쩍 한발 걸치고 김장도 같이 한다. 누군가가 그랬다. "공자님이 마흔을 '불혹'이라고 한 것은 세상일에 혹해서 판단을 흐리는 일이 없게 되었다는 것이

아니라, 이 나이가 되면 세상을 산만큼 흔들림도 많으니 정신을
바짝 차리라는 뜻이다'라고. 그러고 보니 나는 열다섯에 공부가
싫었고, 서른에는 빠듯한 살림살이에 이것저것 기웃하고 있었으
니, 불혹이라고 공자님의 말처럼 될 리가 없다. 세상의 더 많은
유혹이, 더 많은 흔들림이 나를 갈팡질팡하게 했다.

그래서일까 여중·여고의 모임이 바빠졌다는 친구들의 말이 여
간 거슬리지 않았다. 나랑 함께 차 마시면서 한참 즐거운 시간을
보내다가도, 입학 30주년이니 어쩌니 하면서 알록달록한 단체
문자를 받고 자랑하는 친구에게 질투를 느끼기도 했다. 단톡이
니 밴드를 통해서 수시로 여자들만의 이야기를 만들어 가는데,
나는 낄 곳이 없었다. 페이스북 속에서 일본 중·고등학교 동창
들의 소식을 접하기는 하지만 거리만큼이나 마음도 멀어져 있었
다. 외톨이였다.

이런 시간 속에서 나도 여자들만의 모임을 찾았다. 사학과 동창
회인데 여자들만 모이는 모임이다. 여든을 바라보는 대선배로
부터 재학생까지 '역사를 공부한 여자'라는 하나의 이유만으로
모이는 사람들이다. 사회에 크게 이름을 날린 분도 계시고 훌륭
한 가정을 꾸리고 계시는 분도, 모두모두 다른 모습의 삶을 가지

고 있지만 '여자'라는 이유만으로 할 이야기가 무궁무진하다. 찐한 분내 보다는 꼬릿한 된장냄새가 나는 모임이다. 아들이 군에 간다고 울고불고 남편이 밉다고 눈을 흘기면서 투덜거리면 밥도 사주고 차도 사주면서 내 마음을 다독이는 선배님의 치마폭 속으로 나는 조금의 망설임도 없이 쏙 들어갔다.

모임이 끝나고 지하철까지 걸어가는 길목에서 선배님의 조언을 듣고 도마와 칼을 사기도 하고, 점심 얻어먹겠다고 찾아간 대선배님의 집에서는 사은품으로 받아 쌓아놓은 프라이팬 하나씩 얻어서 좋아라 한다. 신랑 흉도 보고 자식 자랑도 하고 조근 조근 이어지는 만남의 시간이 참 편안하다.

팔씨름 대회

이 모임에서는 매년 11월 큰 행사를 가진다. 50여명이 한자리에 모여서 살아오는 살아가는 이야기를 나눈다. 그런데 재미난 건 모임의 하이라이트가 팔씨름이라는 사실이다. 테이블마다 한명씩 대표를 정하고 토너먼트 방식으로 진행해서 승자를 가린다. 대선배님들 자리에서도 20대 재학생들 자리에서도 한명의 대표가 나온다. "늙은이들이 어찌 쟤들이랑 겨루겠어"하면서 뒤로 물러서다

가도 막상 시합이 시작되면 얼굴이 빨갛게 힘을 준다.

작년 모임에서의 일이다. 재학생 중에 키가 170cm가 넘는 아주 튼실한 여학생이 있어서 승자는 그녀의 몫이라고 모두가 생각했었다. 그런데 이게 웬일인가. 모두의 예상을 뒤엎고 우승을 한 사람은 환갑을 훌쩍 넘긴 대선배님이었다. 사회활동도 활발하게 하시는 선배님의 팔 힘은 무서운 '대한민국 아줌마'의 힘 그 자체였다. "그렇지. 이 정도는 돼야 가정에서도 사회에서도 훌륭하게 일을 할 수 있는 거야. 처자들 너네가 아줌마의 힘을 어찌 이기겠는가."

올해는 내가 한번 이겨야 하지 않을까. 절인 배추 가득 담은 고무 대야를 번쩍 들면서 행사를 기다린다. 이제 내 나이 지천명이다. 이것이 진정 하늘의 뜻이란 말인가. 여자만의 공간이 이렇게 편안하고 좋은지 이제야 알 것 같다.

감사의 이유

아픈 이야기
- - - - - - - - - - -

30년 만에 귀국하는 친구를 만났다. 내가 이 친구를 처음 만난 것은 1984년 관악 캠퍼스다. 새로운 세상에서 날개를 펼치고 여기 찔쩍 저기 찔쩍 날아다니던 그 시절에, 툭 튀어나온 훤한 이마에 투박한 뿔테 너머 반짝이는 눈동자를 가진 그녀를 만났다. 언제나 웃고 있었고 우리는 항상 즐거웠다. 내가 무슨 말을 하면 큰소리로 깔깔 웃어주는 게 참 좋았다.

그해 겨울 미국으로 떠난다고 했다. 공항에서 배웅을 하는 그 순간까지 나는 아무것도 몰랐다. 영문학과 재학생인지라 더 많은 공부를 하기 위해서 대한민국 최고의 대학을 버리고 떠나는 것이라고만 알았다. 아버지의 죽음, 그리고 아버지와 이혼한 친어머니를 찾아 삼남매가 미국을 향한다는 이야기 역시 웃으면서 말했다.

그리고 30년이 지났다. 어머니의 집에서 나왔다는 이야기와 막내 동생이 사고로 죽었다는 이야기 등 무겁고 힘든 소식을 전해 들은 것은 오래전의 일이었다. 마침내 어렵게 공부해서 공인회계사가 되었다는 반가운 소식도 들었다. 그리고 연락이 끊어졌다. '고생 끝 행복 시작'의 스토리로만 기억하고 나는 육아와 일로 고된 30~40대의 삶을 살았다.

이 친구가 〈아빠, 아버지〉라는 가족 문집을 들고 나타났다. 정말 성공한 모양이다. 이런 문집까지 만들고 출판기념회를 한다니 말이다. 친구의 친구를 통해서 어렵게 연락이 닿았다. 나는 두 팔을 걷어붙이고 돕고 싶었다. 아가씨가 아줌마가 되는 긴 시간을 공유하지는 못했지만 한여름 땡볕 같은 젊은 날의 기억 속에 존재하는 친구를 소중히 만나고 싶었다. 30년의 시간을 뚝 떼어

버리고 공항에서 떠난 그날을 당겨서 오늘과 잇고 우리의 만남에는 전혀 변한 게 없다고 우기고 싶었다.

아버지를 중심으로 가족들의 이야기를 담은 문집의 출판기념회는 아버지를 기억하는 30년 아니 40년, 50년 전 사람들의 만남의 자리가 되었고, 성황리에 끝났다. 나도 한 권 받았다. 글이란 참 좋은 것이다. 내가 뚝 떼어버린 30년 시간 속의 친구의 삶과 생각을 들을 수 있으니 말이다. 그런데 문집 속의 글이 솔직해서 너무 투명해서 다가가기 보다는 오히려 한발 물러났다. 아무 일 아닌 듯 담백하게 그려낸 아픈 시간의 상처가 내 가슴을 시리게 했다.

아버지의 두 번의 결혼과 두 번의 실패, 친어머니와의 부적응, 동생의 죽음, 한국에 남겨진 배다른 동생에 대한 연민, 새어머니의 신병, 어머니가 같은 오빠와의 만남, 계부, 우울증…. 부모님의 방황으로 시작된 어긋남, 스스로 빚어낸 내적 갈등은 시청률을 의식하는 시나리오 작가가 마구 만들어내는 스토리의 릴레이 같았다.

희망 이야기

320페이지짜리 책의 308페이지에 가서 '감사의 이유'라는 글이 있다. 마흔에 기도로 얻은 아들 여호수아의 이야기가 시작되었다. "자폐 성향을 동반한 소아발달장애 진단은 오진이 아니었다. 하늘이 노랗게 보였다"는 표현은 표현일 뿐 그 마음을 어찌 글로 설명할 수 있겠는가 싶었다. 나 역시 자식을 키우는 사람이 아닌가. 자식의 아픔은 우주의 무게보다 더 무거운 것이니 말이다. 친구로서 독자로서 앞에서 보아온 그 어떤 슬픔보다 더 큰 슬픔으로 받아들여졌다. 엄청난 노력 끝에 이제는 특수반에서 일반학급으로 옮길 수 있게 된 10살 아들이 대견하다는 희망의 글, 그리고 아들을 보면서 더욱 열심히 기도해야겠다는 글이 책 마지막을 장식한다.

친구는 지금도 무슨 말만 하면 큰소리로 깔깔 웃는다. 거짓이 아니다. 슬픔의 그림자 같은 건 보이지 않는다. 신앙과 문학과 아버지의 사랑으로 무장된 책 속으로 슬픔이 사라진 모양이다. 아니, 미국 땅에서의 사회적 성공이 갈등을 이겨낸 것이다. 아니, 동생들이 훌륭하게 자라서 누나가 마련한 기념회 자리를 빛내고 있기 때문이다.

아니, 아니, 아니다. 친구의 모든 아픈 시간은 열 살 아들을 이야기할 때 꽁무니를 빼고 달아났다. 여호수아를 이야기하는 친구의 얼굴에는 힘찬 새로운 에너지가 솟고 있다. 행복해 보인다. 자식은 그런 거다. 다시 시작되는 나의 삶이 여기에 있기 때문이다. 자식을 낳고 엄마가 되는 순간 내가 가진 모든 아픔은 포맷이 된다. 내 아들이 살아갈 희망의 이야기는 내가 살아온 아픈 이야기를 충분히 덮고도 남는다. 나도 그랬다. 내 친구 역시 그럴 것이다. 우리는 친구이니까.

— 이 글을 내 친구 최철미에게 보낸다.

글쟁이의 일탈

우리 집 칠하고 있어요

아무리 닦아도 깨끗해지지 않았다. 깨끗하지 않은 공간을 보니 마음도 뒤숭숭했다. 정리되지 않은 마음은 소란스러운 것이라 책상에 앉아도 원고지가 채워지지 않았다. 이걸 버릴까 저걸 버릴까 세간 살이 물건들을 만지는데, 15년 손때 묻은 만큼의 이야기를 간직하고 있으니 쉽게 내놓을 수가 없었다. 누렇게 변해버린 문짝, 찢어진 벽지의 거실을 보니 한두 개 없앤다고 달라질 공간도 아니었다.

크게 마음을 먹고 집 앞 인테리어 가게를 찾았다. 처음에는 도배
만 생각했는데, 이야기하다보니 칠도 해야 하고, 부엌도, 화장실
도 손 댈 곳이 마구마구 늘어났다. 계산기는 엄청난 숫자를 찍었
고, 말을 할 때마다 그 숫자는 올라갔다. 고치고 예뻐지는 거야
좋은 일이건만 동그라미가 몇 개나 달린 숫자의 지출은 감당하
기 어려웠다.

그래서 결심했다. 칠도 도배도 직접 하기로. 세상 좋아져서 인터
넷을 뒤지니 붓 잡는 법, 풀칠하는 법 얼마나 많은 정보가 있는지
모른다. 직접 경험담을 담은 동영상을 보고 있으면 나도 잘 할
수 있다는 생각에 빠진다. 여기서 얻은 용기로 페인트 3통을 사
서 칠을 시작했다. 주변에 칠이 묻을까 비닐로 덮고는, 붓을 손
에 들었다. "우리 집 어디 칠할 곳이 있다고. 깨끗하기만 하구먼"
이라는 남편의 손에도 붓을 들렸다. 미대생을 둔 아빠는 꼭 해봐
야 하는 일이라고 얼토당토않은 이유를 찾아서 떠안겼다.

밤이면 이웃 시끄러울까, 주말이면 결혼식이니 운동이니 약속도
많은지라 문 한 짝 칠하고 며칠, 또 한 짝 칠하고 일주일이 지나

는 고로 한달 가까이 '칠장이' 마음으로 살았다. 허드레옷이기는 하지만 여기저기 칠이 묻었고, 손에도 칠이 묻어서 잘 지워지지 않으니 어디서 누가 악수하자면, "우리 집 칠하고 있어요"라고 소문부터 내고 손을 내밀었다.

원고마감 날이 코앞인데 내가 웬 뚱딴지같은 일을 시작해서 이러고 있는지 모르겠다고 징징거리니, 혹자 왈 "엔간히 글이 잘 안 쓰이는 모양입니다. 칠까지 시작한 거 보니." 서툰 글쟁이의 마음을 꿰뚫어서 콕 찌르니 더 숨을 곳도 없었다.

옛날에도 시험 전이면 어찌 그리 해야 할 일도, 하고 싶은 일도 많았는지 모른다. 시험 전날 두꺼운 소설책을 읽기 시작한다거나 영화를 보러가는 일은 다반사였고, 다락방 청소를 자진해서 시작한 적도 있다. 고등학생 때인가, 기말고사 하루 앞두고 마당의 풀 뽑기를 시작해서 온몸이 모기 밥이 되었다. 상상해보기 바란다. 시험 치르는 내내 여기가 저기가 가렵다고 긁어대는 모양새를.

도배장이 등장

현관문을 마지막으로 칠을 마쳤다. 붓 자국이 보이고, 페인트가 흘러 눈물 자국을 남기기는 했지만 여하튼 성공이었다. 몰딩이니 문짝이니 모두 옅은 아이보리로 치장했다. 다음은 도배다. 작은 방부터 하나씩 조심스럽게 채워나갔다. 칠장이 하면서 좋아진 팀웍은 '도배장이와 그 아낙네'로 거듭났다. 말없이 눈빛만으로도 손발이 척척 맞았다. 그래도 거실을 도배할 정도의 배짱은 없었다. 거실은 전문가의 도움을 받기로 했다.

여하튼 이래저래 돈을 아꼈으니 아낀 만큼 전등도, 방문 손잡이도, 커튼도 바꾸기로 했다. 집수리해본 사람은 알 것이다. 이런 소소한 것들이 모여모여 큰돈이 된다는 사실을. 그래도 아끼고 아낀 만큼 커튼만은 사치를 부리고 싶었다. 그래봤자 동네시장 커튼 집인데, 가장 저렴한 것을 골라도 이게 70만원이나 한단다. "내 평생 이런 고가의 옷 한번 못 입어봤는데, 커튼으로 이 돈을 쓰다니"하고 투덜거리고 있는데 따라간 친구의 "네 몸뚱이는 집만큼 비싸지 않잖아"라는 한마디의 엄청난 설득력에 바로 주문했다.

드디어 거실 도배하는 날. 역시 전문가들은 달랐다. 세 사람이 오더니 풀을 바르고, 사다리를 놓고 뚝딱뚝딱 해치웠다. 나는 칠이 묻은 그 작업복을 입고 헌 벽지 뜯어내는 일을 열심히 도왔다. 방을 도배하면서 독학한 솜씨를 바탕으로, 전문가들의 노하우를 배워야겠다는 마음에 그들 뒤를 졸졸 따라다녔다. 그리고 점심시간. "무엇을 시켜드릴까요?"라고 했더니, 한분이 떨떠름한 얼굴을 하고 "이집 주인이셨어요? 저 아저씨 조수 아니었어요?"란다. 야호! 성공이다. 나는 이제 일당 받고 따라다녀도 되겠다. 글이 안 쓰이면 도배장이 하면 된다.

IV

신통한
점쟁이

원숭이가 먹고 남긴 무

서울 농사꾼의 철학

주변에 농사꾼이 이렇게 많은지 몰랐다. 도심 한가운데 살면서 근교의 농지를 빌려서 상추, 배추, 무 등 온갖 채소류를 재배하는 이른바 주말농장의 농사꾼들이다. 이들은 흙을 만지고 작물이 자라나는 과정을 통해서 기쁨을 얻는다. 이 기쁨은 하얀 와이셔츠의 꽉 조인 넥타이 속에서는 찾을 수 없는 보물이다. 그래서 이들은 자신들이 숨겨온 금송아지를 자랑이라도 하듯 SNS를 통해서 그 기쁨을 풀어놓는다. 그러니 이들이 수확한 것은 무공해 먹을거리만이 아니라 새로이 경험하는 기쁨이라는 사실을 안다.

옆집 의사 선생님은 5년차 농부다. 청계산 근처에 분양받은 한 평의 땅은 그들의 먹을거리만 바꾼 것이 아니라 주말의 시간을, 더 나아가 삶을 바꾸고 있는 것 같다. 온갖 화제의 중심에는 텃밭이 있다. 비가 오면 비가 온다고 가물면 가물다고 마음은 항시 청계산 텃밭에 가있다. 이제는 취미가 아니라 영락없는 농사꾼의 마음이다. 차를 마시다말고 "땅은 우리를 속이지 않는다"는 생뚱맞은 말을 하면서, 자신들의 관심과 사랑에 반응하는 작물의 성장에 감사한다.

SNS에 배추를 한가득 담은 사진을 올린 선배가 있다. 직접 농사지은 것들이다. 이파리에 벌레 먹은 구멍이 숭숭 뚫려 있기는 하지만 꽤나 풍성하다. 올 김장은 이것이면 충분하겠다. 그건 그렇고 선배의 글이 재밌다. "출근 전 텃밭에 갔다. 다음 주까지 비소식이 없어서 물이라도 주려고 했더니 물탱크가 빈 통이라 그냥 왔다. 목마르면 배추 스스로 뿌리를 더 깊이 내릴 터이니 크게 걱정할 일은 아니다." 베테랑 농부의 여유가 읽힌다. 목마르면 뿌리를 더 깊이 내리는 이런 진리는 어디서 배웠을까. 선배도 배추도 참 훌륭하다.

이어서 선배의 글은 교훈을 남긴다. "옆집 배추는 분홍색 가루를 뒤집어쓰고 있다. 배추벌레 잡기 귀찮으면 그냥 둬도 될 터인데. 게다가 배추가 너무 크다. 화학비료를 사용한 듯하다. 또 다른 집은 벌써 배추를 묶었다. 이집 주인은 마음이 너무 급한 듯하다." 이런 이야기를 하다가 "농사야말로 욕심을 버려야 한다. 벌레와 어느 정도는 나눠먹겠다는 마음가짐. 땅이 허락하는 한도까지만 키우겠다는 마음이 중요하다"는 구절은 무공해 먹을거리만이 아니라 무공해 삶에 대한 태도까지 보인다. 침을 튀기면서 열변을 토하는 그런 말이 아니라 흙 내음 머금은 단문 속에서 깊은 철학을 찾는다.

일본의 도시 농사꾼

도쿄에도 농사꾼 지인이 있다. 출판사에서 주로 과학책을 만들고 있는 편집인인데, 별장을 가지고 있다. 도쿄 자택에서 차로 2~3시간 걸리는 야마나시(山梨)에 통나무집을 짓고 주말마다 찾는다. 후지산을 보면서 온천욕을 할 수 있다는 말에 솔깃해서 금요일 밤 나도 따라나섰다. 마당 앞 텃밭에는 무가 자라고 있었다. 이것으로 미소시루를 맛있게 끓여주겠다고 했다.

그런데 성한 무가 없다. 주인 없는 텃밭에서 원숭이가 먼저 무를 뽑아 맛을 본 것이다. 적당히 몇 개 뽑아서 먹고 가면 좋으련만 영악한 놈들이 뽑아서 맛난 부분만 먹고 나머지는 던져 버리고, 또 뽑아서 먹고 던져 버리고 온 밭이 난리가 아니다. 누가 주인 인지 모르겠다. 여하튼 원숭이가 먹고 남긴 덜 맛난 부분을 가지 고 미소시루를 끓였지만 그래도 맛있다. 농사꾼은 원숭이가 먹 고 남긴 무 어느 것 하나 버리지 못한다. 흙을 만지면서 손으로 얻은 것들에 대한 소중함을 잘 알고 있기 때문이다.

02

복 많은 이름

오·승·주

이모가 늦둥이 셋째를 낳았다. 이미 대학생이 된 두 딸을 가진
이모가 셋째를 가진 것은 아들 욕심 때문이다. 이모부가 외아들
이라 아들에 대한 기대를 한 것 같은데, 딸이었다. 누워있기도
미안하다는 이모에게 시대가 어떤 시대인데 오히려 잘 된 일이
라고 했다. 복이 많은 아이일 것이라고 덕담도 잊지 않았다.

'복'이라는 단어에 이모의 얼굴에 화색이 돌면서, 우리 사이에 복 많기로 정평이 난 내 친구 승주의 근황을 물었다. 그리고 늦둥이 이름을 '승주'라고 해야겠다는 엉뚱한 말을 해서 순간 당황했다. 일본에서는 좋아하는 연예인의 이름을 가져와서 쓰기도 하더라만, 우리나라는 태어난 날과 시를 따져서 작명소를 찾아가는 등 신중하고 또 신중하게 짓는 게 이름이 아니던가.

승주는 참 예뻤다. 길쭉한 다리에 청바지가 참 잘 어울렸다. 80년대 최루탄 가스의 슬픈 캠퍼스에서도 승주의 뽀얀 얼굴은 빛났다. 여드름으로 멍게처럼 빨갛게 변한 나와는 달랐다. 오죽했으면 이모가 승주랑은 같이 다니지 말라고 했을까. "못생긴 게 더 못생겨 보인다"고.

승주가 지방출신이라는 사실을 안 것은, 승주 아버지가 서울에 오셔서 친구들에게 밥을 산다고 했을 때였다. 승주는 사투리를 전혀 쓰지 않았다. 다리미질이 잘된 하얀 블라우스에서는 지방의 냄새를 전혀 느낄 수 없었다. 생음악이 나오는 분홍빛 불빛의 양식집에서 먹은 얇고 납작한 돈카스와 하늘색 달콤한 칵테일을 기억한다. 무슨 맛인지는 잘 모르지만 전라도 말씨가 구수한 승주의 아버지로부터 사랑을 듬뿍 느꼈고 부럽기 그지없었다. 그러고 보니 용돈까지 받았다.

4학년 2학기 졸업 전에 추억을 만들자면서 미팅을 했고, 승주는 사다리타기로 맺은 짝꿍이랑 연애를 시작했다. 대학생활 내내 화장실까지 같이 다녔는데 이제는 밥도 같이 먹기 힘들어졌다. 나는 혼자서 갈 곳 찾아 헤매다가 정말 갈 곳이 없는 날에는 어쩔 수 없이 도서관으로 가곤 했다. 그래도 밤에는 어김없이 전화가 왔는데, 그 남학생과 보낸 하루를 소상히 보고하면서 웃기도 울기도 했다.

문제가 생겼다. 두 사람의 만남을 아버지께서 반대하셨다. 고시에 합격한 신랑감도 많은데 왜 하필이면 그런 놈이라는 거다. 결국 승주 부모님은 승주를 광주로 데려가 전화연락조차 할 수 없게 되었다. 그래도 이 남자가 아니면 안 된다고 고집을 부렸고, 급기야 결혼한다는 연락을 받았다.

난 이제까지 한 번도 '이 남자가 아니면 안 된다'고 생각해 본 적이 없었기 때문에 내 친구 승주의 선택이 안타깝기도 했다. "더 멋진 미래를 위해서 조금 더 골라도 좋으련만 왜 하필이면 부모님이 반대하는 저 남자일까." 이런 생각을 하면서도 질투심을 동반한 부러움도 가졌다. 당시 나는 졸업과 동시에 진로가 정해졌고, 내 인생을 바꿔줄 백마 탄 왕자가 나타날 것임을 믿고 있었다.

내가 타이트스커트를 입고 똑똑한 척하면서 직장생활을 즐기는 동안 승주는 첫아들을 낳았다. 물론 그 남편은 시험에 합격해서 대한민국의 공무원이 되었다. 그리고 몇 년이 더 지난 어느 날 놀랍게도 둘째를 낳은 승주가 사법고시에 합격했다는 소식을 들었다. 당시 나는 첫아이를 낳고 집에서 고무줄 치마만 입고 있을 때였다.

흔하디 흔한 이름

살다보니 못 본지도 꽤 되었다. 간혹 승주의 남편이 TV 시사프로에 나오면 반가운 마음으로 승주를 기억했다.

지난 모임에서 오랜만에 만났다. 가족과 함께하는 모임이라 두 아이를 데리고 나왔는데. 서울대 다니는 큰놈이라고 소개했다. "둘째는 공부를 잘하는데 큰놈이 걱정"이라면서 그렇게 엄살을 부리더니 큰 아이도 공부를 잘 했던 모양이다. 무척 배가 아팠다. 그래 복 많은 건 다르지.

그날 최고의 이벤트는 보물찾기였는데. 보물 중에는 최신 스마트폰도 있다고 해서 난리가 아니었다. 동창회 미끼 상품인데, 이 행운이 나에게 오기를 바라면서 딸이랑 같이 운동장을 뒤졌다. 그런데 이 행운이 누구에게 갔는지 아는가. 승주의 아들이 그 주인공이 되었다.

"복 많은 년 아들은 보물찾기도 잘 하지." 학교 다닐 때부터 욕쟁이로 유명한 친구의 말에 모두 웃었다. 나는 우리 딸이 찾은 놀이공원 입장권에 만족했다.

그래 이모의 늦둥이 딸 이름을 '승주'라고 해도 좋겠다. 이 정도면 완벽하지 않은가. 세상에 태어나서 좋은 부모, 잘난 남편, 똑똑한 자식을 두었으니. 게다가 젊은 날 열렬한 사랑도 했잖아. 뛰어난 외모에 완벽한 자기관리, 그리고 보물찾기까지 잘하는 아들. 흠 잡을 데가 없다. 이모도 좋아라한다. 마치 셋째 딸의 앞날에 승주의 삶이 그대로 재현될 것이라고 확신을 하는 것 같았다. 어쨌든 이모의 기분이 좋아졌다.

오늘 초대장을 하나 받았다. 서초동에 변호사 사무실을 개업하니 축하해달라는 글이다. 그런데 보내는 이의 이름이 처음 보는 이름이다. '박미경' 흔하디흔한 이름이다. 나는 바로 초대장에 적힌 전화번호를 눌렀다. 이게 웬일인가. 전화기 저편의 목소리는 승주였다. "몰랐니. 이름 바꾼 지 꽤 오래 됐는데. 하는 일이 하도 안 되서 점집에 갔더니 이름이 나쁘다잖아."

뭔 소리야. 빨리 이모한테 알려야겠다. 그나저나 승주도 살다가 힘든 일이 있기는 있었나보다. 이름을 바꿀 정도로. 그래, 그도 사람인데 별수 있으랴.

03

꿈을 팔았으니 AS는 확실하게

꿈을 팔다

대통령이 나에게 다정하게 다가와 환하게 웃고 말을 건넸다.

깨어보니 꿈이었다. 대통령을 꿈에서 보다니 분명 좋은 일이 있을 징조라 복권을 사야하나 고민하다 한나절이 지났다. 꿈의 효험이 없어지기 전에 뭔가는 해야지 하면서 저녁 모임에 나갔다.

오늘 밤은 반가운 사람들의 모임이다. 20년 하고도 훨씬 전에 영화와 관련된 일을 하면서 맺은 인연인데 지금도 간혹 만나서 지난 시절의 자유로운 그 웃음을 기억한다. 먹고 마시고 웃으면서 근간의 이야기를 하는데, 한 친구가 "계획하고 있는 일이 있는데 지금 말하기는 그렇고, 잘 되면 말하겠다"면서 말을 아꼈다. 궁금하기도 하고, 잘 되어서 우리 모임이 더 즐거워지기를 바라는 마음에 "내가 꿈을 팔까"라고 엉뚱한 말을 던졌다. 지난밤 꿈에 대통령을 봤는데 이 꿈을 가지면 분명 일이 잘 될 거라고 흥정을 했고, 친구는 덥석 만 원짜리 한 장을 꺼내고는 사겠다고 했다.

이야기는 김유신의 누이동생 보희가 동생 문희에게 꿈을 판 '보희 설화'로 옮겨갔다. 서산에서 방뇨하고 장안이 온통 오줌에 잠길 정도의 임팩트하고 스펙타클해야지, 이 정도의 꿈으로 만원을 받는 건 비싸다니 어쩌니 말이 많다. 발음이 꼬이는 외국어 단어는 모르겠고 복권으로 만원을 벌기보다는 확률적으로 확실한 만원을 나는 얼른 챙겼다.

그리고 수일 후 "너의 대박 꿈으로 내 꿈이 이루어졌네"라는 문자를 받았다. 원래 가수 출신인 그는 사업을 한다고 자신의 꿈을 접었는데, 연말에 생애 첫 단독 콘서트를 가지게 되었다는 소식이다. 오랫동안 가진 꿈이 현실이 되었다고 흥분한 목소리가 글자 속에 그대로 묻어나 있었다.

프로이드의 꿈 해석

프로이드는 "꿈은 자신의 원망의 충족이고 무의식이 상징적으로 표현된 것"이라 했다. 심리학 수업에서는 물론이고, 교육학을 공부할 때도 이렇게 배웠다. 그런데 나는 다르게 생각한다. 꿈을 나 자신의 무의식으로 인식하기보다는, 내 주변에서 나에게 뭔가를 전하는 '메시지'로 인식하고 그렇게 해석하려고 한다. 꿈에서 엄마를 보면, 내가 엄마를 그리워해서가 아니라 엄마가 나를 찾고 있다고 해석하고, 엄마에게 무슨 일이 생겼을 거라는 막연한 생각을 하면서 엄마를 찾는다. 이건 나만 그렇지 않다. 엄마도 그렇다. "꿈에서 너를 봤는데, 뭔 일이 있는 건 아니지?"하면서 전화를 주는 일이 있다.

나는 일본고전문학, 그 중에서도 〈이세모노가타리〉라는 작품을 전공한 사람이다. 천 년 전 교토를 중심으로 화려한 귀족의 시대가 펼쳐진 헤이안 시대, 풍류를 즐기는 한 남자의 이야기를 담은 작품이다. 이야기에 "오늘 밤 꿈에서 당신을 보았습니다"라는 여자의 글을 받고 남자가 답가를 보내는 것이 있는데 다음과 같다.

"당신을 너무 많이 생각한 나머지 나의 몸을 빠져나간 혼이 당신께 보인 것 같구려. 내 모습이 보인다면 내 영혼이 다른 곳에서 헤매지 않도록 그대 곁에 꼭 묶어두시오."

상대를 너무 많이 생각하면, 나도 모르게 혼이 몸에서 빠져 나간 다는 생각이 있었던 것 같다. 그래서 꿈을 꾸는 자가 아니라 꿈에 나타난 자가 꿈을 꾸는 자를 생각한다는 믿음, 즉 프로이드의 꿈에 대한 해석과는 상반되는 생각이다.

그나저나 이제부터 초대장도 만들고 연락도 해야 한다. 브로셔를 만들려면 사진도 찍어야하고 어제의 동지가 다시 뭉쳐서 준비할 일이 태산이다. 꿈을 팔았으니 AS는 확실하게 해야 하지 않겠는가. 두 팔을 걷고 오늘부터 AS 시작이다. 그런데 내가 왜 이리 즐거운지 모르겠다.

이 땅에 발을 딛고 누구랑 놀고 있는가

검색하고 또 검색만 하고

M호텔에서 행사가 있었다. 터미널에서 친구와 만나 행사장을 향하는데 잠깐만 기다리란다. 뭘 하나 했더니 스마트폰을 꺼내서 열심히 만지고 우리가 가야할 방향을 말한다. 일명 '도보자 내비게이션'으로 M호텔을 찾는 모양이다. 이제 저만 따라오란다. 나도 운전을 할 때는 내비게이션 없이는 불안해하는 사람이지만 이건 웬 신세계인가. 이 정도는 냄새 따라 가다보면 찾을 수 있

는데 말이다. 서울 촌놈이 지방에서 올라온 똑똑한 친구를 졸졸 따라가는 상황이 되었다.

여하튼 친구 덕에 행사장에 도착했다. 그리고 드디어 식이 시작되었다. 식이란 다 그렇듯 유명 인사들의 인사말이 이어졌다. TV에서만 보던 얼굴이 무대에 오르니 열심히 바라보고 있는데 옆자리의 친구가 툭툭 친다. 그새 스마트폰으로 무대 위 인물의 신상을 검색하고 나한테도 읽어보라고 건넨다. 친절에 감사하고 읽다보니 막상 그들이 이 자리에서 무슨 말을 했는지 전혀 듣지 못했다.

이번에는 성악가가 가곡을 부르기 시작했다. 내 친구는 역시 성악가의 이름을 검색하고 있다. "그냥 감상이나 하세요"라고 하고 싶었지만 그런 건 중요하지 않은 모양이다. 인터넷 속에서 어떤 인물로 그려져 있는가가 더 중요한 것 같다.

웬만큼 식이 끝나고 식사가 마련되었다. 평상시 쉽게 먹을 수 없는 고급 음식이다. 양복 입은 웨이터가 애피타이저니 스프니 서빙하기 바쁘다. 난 눈으로 입으로 우아한 식사 시간을 즐겼다. 그런데 내 친구는 바쁘다. 테이블 위의 접시를 이리저리 각도를 달리하면서 사진을 찍는다. 식기 전에 먹지 뭐하냐고 물었더니 찍어서 SNS에 올린단다. 나는 분명 이 친구와 함께 이 자리에서 이 시간을 즐기는데, 이 친구는 내가 아닌 누군가와 함께 이 시간을 즐기는 것 같다. 나는 소외감을 느꼈다.

SNS 세계

그러고 보니 이런 소외감은 처음 겪는 일이 아니다. 지난 생일날 조그마한 카페에서 생일파티를 가졌다. 고맙게도 학생들이 케이크를 사와서 노래를 부르고 촛불을 껐다. 그런데 참 많은 시간을 기다려야 했다. 번쩍번쩍 모두가 사진을 찍기 시작한 거다. 그것도 주인공인 내가 아니라 케이크에 불을 다시 붙이고 각도를 달리하면서 새로운 사진을 찍고 어디에 그렇게 보여줄 곳이 많은지, 사진을 올리고 글을 올리고 이 자리에 없는 어떤 자들로 인하여 나는 소외되고 있었다.

같은 자리에서 다른 곳을 향하고 있는 사람들은 어린 학생들만이 아니다. 40~50대 아줌마들도 마찬가지다. 방학이라 오랜만에 수다나 떨자고 나간 자리에서 다들 반갑다고 해놓고는 자신의 스마트폰만 들여다보고 있다. 한 친구가 소리 내어 웃길래 같이 웃자고 했더니 "기다려봐"하면서 나의 폰으로 글을 보냈다. 직접 이야기해주면 될 것을 눈도 어두운 나한테 읽어보라니 참 답답한 노릇이다.

우리는 언제부터인가 이 땅에 발을 딛고 살기보다는 온라인 속 공간을 날아다니기 시작했다. 누군가의 눈을 보면서 혹은 숨소리를 느끼면서 내가 무엇을 먹고 무엇을 생각하고 살고 있다는 이야기를 하기 보다는 이 특별한 공간 속으로 던지는 것이 더 쉬워졌다. 네가 어떻게 살고 있는지 궁금하다고 말하기 보다는 이 조그만 녀석을 뒤지는 것으로 엿보는 일이 더 편해졌다.

아사코는 매일 자신의 도시락을 SNS에 올린다. 2년, 아니 3년은 된 것 같다. 미혼이다 보니 아침에 도시락 싸고 사진 찍을 시간이 있는 모양이다. 여하튼 학교 다닐 때도 참 성실했는데 지금도 여전하다. 오늘은 몸이 불편해서 도시락을 싸지 못했다는 글이 올라있다. 사실 관심도 없었는데, 바다 건너 멀리 도쿄에서 내 친구는 오늘 점심 무엇을 먹을까 살짝 궁금해지는 건 또 무슨 일일까? "몸이 불편할수록 좋은 것 먹어라"는 댓글을 달았다. 우리 가족 점심도 챙기지 않는 여편네가 뭔 오지랖인지 모르겠다.

마치 일기를 쓰듯이 글을 올리는 제자가 있다. 북해도 출신인데 한국으로 유학 왔을 때 만난 인연으로 페이스북의 친구가 되었다. 상당히 개구졌는데 잘 살고 있는 것 같아서 반갑다. 눈이 오면 아이들이랑 눈사람을 만들면서 사진을 올린다. 행복해 보인다. 나는 이 사진 밑에 "사진 올리지 말고 아이들이랑 더 신나게 놀아라." "행복을 보여주지 말고 마음으로 느껴라"는 댓글을 올리려다가 지웠다. 잡을 수 있는 시간의 소중함을 알기엔 아직 어린 나이라는 생각을 했다.

일본에는 아사코나 북해도의 제자처럼 성실하게 SNS의 활동을 하는 이가 있는가 하면, 아직도 카톡이니 라인과 같은 스마트폰 무료 통화마저 쓰지 않는 친구도 있다. 그나마 메일을 쓰고 있어서 다행인데, 답답한 마음에 전화를 하다보면 전화비가 만만치 않다. 직장생활을 하는데도 불편하지 않은 모양이다.

오늘도 세상이 궁금해서 SNS 세계에 들어와 지구 반대편의 친구를 찾고, 초등학교 첫사랑을 찾다가 고개를 드니 창밖에 따뜻한 비가 내린다. 이 아름다운 '지금' 나는 어디에 서서 누구와 살고 있는지 잊고 있는 것 같다.

05

신통한 점쟁이

내 사주 네 사주

마음이 힘든 모양이다. A는 나를 보자더니 점집에 가자고 했다. 나라고 특별히 단골이 있는 것도 아니니, '사주카페'라는 커다란 간판을 찾아 커피숍으로 들어갔다. A는 들통만한 머그잔을 앞에 두고 다짜고짜 "이 남자랑 헤어지고 싶다"고 했고, 뗄레야 뗄 수 없는 인연이라는 말에 "그럼, 언제 죽어요"란다. 점쟁이가 크게 웃으면서 죽어도 한곳에 묻힐 인연이라 하니 더 이상 말을 잇지 않았다. 그녀는 절망이라는 얼굴을 했지만, 내 눈에 안도의 마음이 읽혔다.

머쓱했는지, "너도 봐"라고 옆구리를 쿡 찌르는 바람에 주머니 탈탈 털어 복채를 내놓았다. 그런데 그의 첫말이 무엇인지 아는가. "남편이 일찍일찍 집에 들어오겠네요." 나만 보겠다고 남편의 생년월일은 아예 알려주지도 않았는데 이게 무슨 말인가. 남편이 일찍 귀가하는 것은 그 사람의 사주가 아니라 내 사주에 있는 것이라니 이건 나의 운명이었다. 이 말은 내가 누구랑 결혼해도 나의 일상은 조금도 달라지지 않았다는 것이고, 내 운명은 태어난 날 이렇게 정해졌다는 말이다.

나는 이 말에 폭 빠져서 A에게 돈을 빌리고 대입을 앞둔 딸아이의 사주까지 물었다. "사막에 내두어도 잘 살 아이니 걱정 말라"고 한 다음, 23살이 되면 살도 빠지고 얼굴도 예뻐질 것이라는 말에 기분이 좋아졌다. 살이 찌고 빠지고 예쁘고 안 예쁜 것도 다 사주에 있다니, 사주란 참으로 오묘하고 재미난 세계다.

입이 근질근질한 나는 이모한테 전화해서, "내가 오늘도 저녁 준비한다고 외출을 못하는 것은 박서방 때문이 아니라 내 사주가 그렇더라"면서 그 점쟁이가 얼마나 용한지 구구절절 늘어놓는데, 이모 왈 "너를 보니 크게 성공한 남편을 둔 여편네로는 보이지 않았던 거지" 그리고 "23살에 예뻐지지 않는 아가씨가 어디 있냐"란다. 그러고 보니 그 말도 맞는 말이다.

점집 찾은 여학생 셋

오랜 전의 일이다. 여학생 셋이 점집을 찾았다. 들어서자마자 점집주인은 "드센 것들이 셋이나 왔네"라면서 이맛살을 찌푸렸다. 하기사 여대 앞이라 분내에 살랑살랑 치마 흔들면서 들어오는 이들과는 달라도 많이 다른 셋이라 딱 보고도 이 동네 여대생이 아님을 알았을 것이다. 80년대 캠퍼스는 최루탄 가스 가득했고, 어디 갈 곳 없을까 찾다가 이웃동네 점집을 찾았다. 그러니 분내는 무슨, 터질 것 같은 청바지에 두꺼운 안경 그리고 여드름 자국이 이 시대를 힘겹게 살아가고 있다는 사실을 말하고 있었다.

B는 청바지가 참 잘 어울리는 자존감이 강한 여학생이었다. 항상 야무진 눈으로 세상을 바라보았고, 언젠가 날카로운 펜으로 세상을 바꿀 것이라고 했다. 오빠와 남동생 사이에 끼어서 찬밥

이라고 투덜대는 여전사이기도 했다. C는 두꺼운 안경 너머 공부만이 내 삶이요 미래라고 생각하는 그녀의 생각을 잘 드러내고 있었다. 당연히 대학원 진학을 생각하고 있었고, 장차 훌륭한 학자가 될 것이라고 누구도 의심치 않았다. 딸만 셋인 집의 막내인데, 아버지는 귀한 딸을 자신의 반짝반짝 빛나는 검은색 자가용에 태워 학교까지 데려다주는 그런 자상한 분이었다. 그리고 나. 나는 두 친구와는 달라도 참 많이 달랐다. 공부도 재미가 없었고, 그렇다고 딱히 하고 싶은 것도 없이 하루하루 시간을 보내고 있었다. 아버지 돌아가시고 부유하지 못한 집의 장녀가 학교를 마치고 그 이후 어찌 살아야 할지, 미래에 대한 불안한 마음만 가득한 시간이었다.

이날 점쟁이의 말을 다 기억하는 건 아니지만, 핵심은 이랬다. B는 똑똑한 남자 만나 결혼할 것이며, C는 부모님 모신다고 힘든 일이 많을 것이다. 그리고 나에게는 공부를 오래오래 할 것이라고 했다. 신통치 않은 말에 "점쟁이가 우리를 알면 얼마나 알겠어"라면서 그냥 그러려니 했다. B와 C는 그렇다 치고, 내가 공부를 할 것이라니 무슨 당치도 않는 소리였다. F학점을 안고 졸업이나 제대로 하면 다행인 사람인데 말이다. 그것만인가 부모님에 대한 걱정으로 말한다면 나만한 이가 있겠는가. 여하튼 점집 앞 떡볶이 집에서 먹은 튀김이 참 맛있었다는 기억을 지금도 한다.

그리고 30년이 훌쩍 지났다. 여학생은 모두 아줌마가 되었고 중년의 삶을 살고 있다. 미래를 꿈꾸기 보다는 과거를 되짚는 일이 더 많은 나이가 되었다. 나의 미래를 이야기하기보다는 자식의 미래를 염려하는 나이가 되었다. "그날 기억나니?" 오랜만에 만난 셋은 이런저런 이야기하다말고 여대 앞 그 점집 이야기를 꺼냈다. 그리고 지금 보니 완전히 돌팔이는 아니었다면서 다시 찾아가 볼까하고 웃었다.

B는 신문지상에 이름이 오르는 훌륭한 남편이랑 잘 살고 있다. C는 결혼하고도 친정 부모님이랑 같이 살다보니 좋은 일도 있지만 크고 작은 트러블도 끊이지 않는다. 나는 어쩌다보니 박사학위 받을 때까지 공부했다. 뒤늦게 시작한 공부니 늦게까지 한 셈이다. 그러니 돌팔이가 아니라 족집게였다.

내 탓이요 내 탓이요

그런데 그렇게만 볼일이 아니다. 나도 C도 똑똑하다고 할 수 있을지 없을지 모르나 나쁘지 않은 남편 만나서 잘 살고 있다. 그것만인가. B도 C도 오랫동안 공부해서 학위를 받았고 학교에 몸 담고 있다. 부모님에 대한 걱정, 이건 우리 나이에 안 하는 이가 어디 있겠는가. 부모님과 같이 사는 C는 그래도 여자형제가 있어서 고생을 나눌 수 있지만, 올케들과 어머니 사이에서 갈등하는 B의 마음고생은 말로 다 설명할 수 없을 정도다. 나 역시, 지금은 멀리 떨어져 살고 있는 우리 엄마를 어느 시점에서 내가 모셔야할지 한시도 잊지 않고 있다. 그러니 점쟁이가 던진 세 가지의 예언은 세 사람 누구에게나 다 맞는 말이었다.

삶이란 누구나 짊어져야 할 일들이 있고, 그 짐 중 어느 거 하나를 확대해서 보는가에 따라 다를 뿐이다. 누구나 자신의 삶은 힘들고 소중한 것이다. 도쿠가와 이에야스의 "사람의 일생은 무거운 짐을 지고 먼 길을 가는 것과 같다"는 말을 기억한다.

전국시대 최후의 승자의 말을 기억하면서 오늘도 나는 내 마음을 다독인다.

"인생은 무거운 짐을 지고 먼 길을 가는 것과 같다. 서두르지 말라. 마음대로 되는 것이 없음을 알면 불만을 가질 이유도 없다. 마음에 욕심이 차오르면 곤궁했던 시절을 떠올려라. 인내는 무사장구(無事長久)의 근본이요 분노의 적이라고 생각해라. 이기는 것만 알고 정녕 지는 것을 모르면 반드시 해가 미친다. 오로지 자신만을 탓해야 한다. 남을 탓하지 말라. 모자라는 것이 넘치는 것보다 낫다. 자기 분수를 알아라. 풀잎위의 이슬도 무거우면 떨어진다."

병아리 졸졸졸

노교수 도시에서 탈출

사람에 치여서 세상이 싫어질 때 산에나 들어가 홀로 살아야겠다고 내뱉지만 그게 쉬운 일이 아니라는 것 잘 안다. 사람한테 받은 상처는 사람으로 치유해야지 산으로 간다고 해결되는 일 없다는 것 역시 잘 안다. 나 하나 우주를 차지하는 그 크기가 부끄러워 잠시잠깐 숨을 곳을 찾는데 어디 숨을 곳이 있겠는가. 그래도 만만한 게 산이라 이런 말을 하지만 도시에서 태어나 도시에서만 살아온 이 사람이 어찌 산에 살 것이며, 어찌 홀로 살 수 있겠는가.

"은퇴한 노교수는 산으로 갔다." 이렇게 말하니 좀 특별한 거 같은데, 많은 어르신들이 그러하듯, 서울 근교에 집을 짓고 거주지를 옮겼다. 강이 내려다보이고 가파르지 않은 언덕에 드문드문 집들이 보이니 이것을 '산'이라고 해야 할지는 모르나, 여하튼 사람들과 얽히고 설키고 살아야 하는 세상이 싫어서 홀로 조용히 살고 싶다면서 도심을 떠나 새로운 생활을 시작했다. 사실 나는 이분에 대해서 크게 아는 바가 없다. 젊은 날 아주 열정적으로 일을 했으며 주변에는 항상 유쾌한 사람들이 많았고, 그리고 지금은 혼자이고 싶어서 혼자서 살고 있다는 거 그게 전부다.

오늘 내가 찾은 것도, 왕년에 같이 놀았던 그 유쾌한 지인 중 한 분이 와인을 마시러 간다는 말에 따라붙었다. 우연한 정말 우연한 걸음이었다.

작은 방이 3개나 있는 목조주택은 남자 혼자 살기에 적지 않은 공간인데 방마다 콘셉트를 달리했다. 하나의 방은 독서의 방이라면서 몇 권의 책과 커다란 쿠션이 있고, 또 하나의 방에는 첼로

가 주인이라고 한가운데를 차지하고 있었다. 재미난 사실은 잠 잔다는 방에 책이 더 많고, 첼로 방에는 벗어던진 옷가지만 가득 했다. 뭐 이런 건 고층아파트의 우리 집도 마찬가지니 그리 달라 보일 것도 없었다. 좋은 건 역시 마당이다. "이런 게 바로 전원주 택인거죠." 잡초 하나 없이 잘 가꾸어진 잔디밭을 보니 부지런한 노교수의 일과가 가히 짐작되었다.

높지 않은 담벼락, 커다란 개가 두 마리. 낯선 손님을 보고 반갑 다는 건지 쫓으려는 건지 마구 짖어댔다. 한편에는 잘 짠 닭장 속에 색을 달리한 닭들이 몇 마리 보였다. 손을 쑥 집어넣어 달 걀을 두 알 꺼내고 나한테 바로 먹어보라고 건넸다. 그리고 병아 리가 있었다는 이야기를 시작했다. 여기서 부화한 병아리 세 마 리가 자신을 졸졸졸 따라다녀서 얼마나 걸리적 거렸는지 모른다 고 엄살을 부렸다.

로렌츠의 각인

'로렌츠의 각인'을 기억했다. 나의 첫 직장은 출판사였고, 거기서 과학 잡지를 만들 때 들은 적 있는 이야기다. 행동연구가인 로렌 츠는 회색기러기를 가지고 연구를 했는데, 어느 날 회색기러기가 알을 깨고 막 세상에 나오는 광경을 구경하게 되었다. 이후 회색기러기는 어미의 품을 찾지 않고 로렌츠의 뒤만 졸졸 따라다녔다. 탄생 후 처음 본 대상에 대한 애착, 이른바 태어나서 처음 만난 움직이는 동물을 어미로 인식하고 따라다니는 현상을 '각인'이라 한다. 로렌츠는 이 회색기러기를 '마니타'라고 명명했다. 그러니 여기에도 마니타가 세 마리나 있었던 모양이다.

지금은 어디에 있느냐는 물음에, 어찌나 성가시게 따라다니는지 소쿠리를 뒤집어 그 속에 넣고 잠시 자리를 뜬 사이에 동네 살쾡이가 잡아먹었는지 솔개가 물고 갔는지 없어졌다고 했다. 그 말을 하는데 안타까움이 손짓 하나에도 묻어났다. 커다란 초록바탕에 하얀 할아버지 그리고 졸졸졸 따라다니는 노란 병아리 세 마리의 그림이 예쁘게 그려졌다.

외딴집 밤은 일찍 찾아왔다. 너무 조용해서 달이 뜨는 소리도 들렸다. 이제야 와인 한잔을 하자고 거실에 앉았는데, 달걀이 가득 담긴 기계가 보인다. 무엇 하는 물건인고 봤더니 '병아리 부화기'란다. 16알이나 들어있다. 성공하면 16마리의 병아리를 동시에 얻을 수 있다. 이 집에 죽치고 앉아서 병아리 부화하는 날이나 기다릴까보다. 나만 보고 16마리 졸졸 몽당 따라오면 노교수는 성가신 놈들 없어졌다고 좋아할 것인가 슬퍼할 것인가, 외로움에 와인 한 잔 더 할 것인가.

시간이 내려와 둥지를 틀고 외로움에 몸부림쳐도 그래도 사람에게는 보이고 싶지 않는 '내'가 있으니, 날 졸졸졸 따라오는 병아리 한 마리에 세상을 얻을 것이다. 조용한 외딴집에서.

지천명 우리의 리더

지천명이 무엇이라고
- -

공자께서 말씀하셨다. "나는 열다섯에 학문에 뜻을 두고, 서른에 뜻이 확고하게 섰으며, 마흔에 미혹이 없어지고, 쉰에 천명을 알았으며, 예순에 남의 말이 귀에 거슬리지 않게 되었고, 일흔이 되어서는 마음이 하고자 하는 대로 하여도 법도에 어긋나지 않았다."

생각해보니 내 나이 열다섯에는 공부가 참 많이 싫었고, 마흔에는 삶에 대한 온갖 욕심에 미혹되었으니 쉰이라고 어찌 지천명일 수 있겠는가. "공자는 모든 인간이 대등한 인격을 갖고 있다고 여겼다. 그러니 '래디컬(radical)'한 진보"라고 말하면서 인문학서당을 운영하는 선배가 있다. 선배가 발간한 900페이지에 가까운 두꺼운 책 〈이우재의 논어읽기〉를 뒤적이면서 내 나이를 생각한다.

선배는 "천명은 주희에 의하면 천도가 유행(流行)해 사물에 부여한 것으로, 바로 사물이 당연히 그러한 까닭이다. 다시 말해 내가 이 세상에 존재하게 된 까닭, 즉 내가 이 세상에서 해야 할 소명을 알게 됐다는 말이다"라고 소개하고 이 주장이 타당하다고 생각한다는 글을 남겼다.

나이 오십을 애년(艾年), 장가(杖家)라고도 한다. 쑥 '애(艾)'가 들어가는 이 단어는 머리털이 세어서 쑥 같다는 단어이고, 지팡이 '장(杖)'자가 들어간 이 단어는 집에서 지팡이를 들어도 되는 나이라는 뜻이다. 둘 다 〈예기〉에서 비롯된 것인데, 어쨌든 내 나이 오십, 오래 살기는 살았나 보다.

50대 동기들

이십대 그 눈부신 시간을 같은 공간에서 꿈을 그린 동기들이 있지만, 학교를 졸업하고 서로 살아가기 바쁘다보니 만나는 일도 나누는 일도 많지 않았다. 인문학을 전공한 사람들은 참으로 다양한 분야로 진출했다. 학교, 언론, 방송, 정관계, 금융, 기업, 출판, 이게 다가 아니다. 어떤 종교단체의 교주가 된 친구도 있고 의료인이 된 친구도 있다. 이들이 이제야 서로를 찾기 시작했다. 달려만 가다가 이제는 숨을 고르는 시간이 된 모양이다. 정상에 도달해서가 아니라 '달리는' 그 자체의 의미에 대해서 생각할 나이가 되었다.

안타까운 소식이 들렸다. 암이었단다. 믿어지지 않는 소식에 뛰어갔다. 졸업생 40명 중 반은 모였다. 얼마나 놀랐으면 다들 뛰어왔을까. 걸쭉한 부산 사투리의 이 친구를 마지막으로 본 게 언제였던가. 그의 결혼식에 갔었다. 우리들 중 좀 늦게 하는 결혼이라 아들을 데리고 찾은 친구들이 많았다는 기억을 한다. 그리고는 특별히 만난 기억이 없다.

작년 여름 미국에서 잠시 귀국한 동기가 이 친구를 만났다고 했다. 모교 캠퍼스 안 은행에서 근무하고 있다는 사실도 이를 통해서 알았다. 미국에서 온 친구는 만나면서 어찌 이렇게 가까이 살고 있는 친구는 챙기지 못했을까. 언제라도 만날 수 있다고 생각하면서 그냥 그렇게 시간이 지난 것이다. 슬하에 자식이 없다는 사실도 오늘에야 알았다. 영정 사진은 활짝 웃고 있었다. 내가 기억하는 모습 그대로였다. 강촌으로 MT 갔을 때 그 짓궂은 웃음 그대로였다.

테이블을 길게 이어서 동기들이 한자리에 앉았다. 최근에 좀 만났던 친구도 있지만 참 오랫동안 못 봤던 이도 있다. 들리는 소문에 어디어디서 무슨 일을 한다는 것 정도는 알고 있지만 지금 상황이 어떻게 바뀌었는지 무엇을 생각하고 무엇을 고민하면서 살고 있는지 선뜻 물어보기는 쉽지 않은 사람들이 되었다.

여전히 이야기의 중심에 있는 놈이 있고, 조용히 술잔만 기울이는 친구가 있다. 한가운데서 거만하게 폼을 잡는 놈도 있다. 그러고 보니 직장에서 아주 잘 나가고 있다고 들었다. 상갓집에서는 차마 물도 마시지 못했던 여학생이 이제는 국 하나 더 달라고 말할 수 있는 사람이 되어 앉아있다.

약속은 하지 않았지만 오래오래 앉아있었다. 긴 시간 만나지 못했지만 아름다운 기억 속 친구의 마지막 길을 오래오래 지켜주고 싶었다. 누군가가 이제 상주도 쉬어야 한다는 말에 툴툴 털고 일어서는데 "상여 멜 사람은 있는가? 우리가 해야 한다면 누가 올 수 있나?"라고 말을 하는 친구가 있다. 예나 지금이나 진정한 리더의 자리를 지키는 이 친구에 대해서 나는 감사했다.

어떤 자리에서든 주인의 역할을 하는 사람이 있고 객인 사람이 있다. 특별히 거들먹거리는 일 없이 자리를 지키면서 챙겨야 할 것을 챙기는 이 친구의 존재감은 동기들 마음속에 믿음으로 자리매김하고 있음을 의심하지 않는다. 본인도 사업을 하면서 마음의 병까지 얻었다는 이야기를 알고 있다. 이런 사람이지만 역시 '주인의 자리'에 있음을 확인했다.

입학하고 얼마 후 과대표를 뽑는다고 했을 때 과 사무실 테이블 위에 구둣발로 올라 유세를 하던 그 청년은 지천명 나이에 어울리는 훌륭한 신사가 되어서 이 자리에 있다. 이제 우리의 리더는 더 이상 테이블에 올라 목청을 높이지 않는다. 그래도 나는 이 친구가 있어서 참 든든하다.

바보다!

슬픔이 아닌 두려움

아버지의 죽음

14살 때 아버지가 돌아가셨다. 눈물을 흘릴 수 없었다. 슬픔보다 아버지 빈자리에 대한 두려움이 더 컸기 때문이다. 이 두려움은 보조바퀴를 뺀 자전거를 몰고 세상을 향하는 두려움이었고, 살아갈 미래에 대한 두려움이었다.

아버지 사업이 기울고 우리 가족이 일본으로 건너간 것이 내 나이 12살 때의 일이니, 타지 일본에 짐을 풀고 2년 만에 아버지가 세상을 떠난 것이다. 화장장에서 하얀 뼈 몇 가닥으로 남겨진 아버지의 흔적을 긴 젓가락으로 납골 항아리에 담고 돌아오는 길, 8살 어린 동생은 내 손을 꼭 잡고 "난 나중에 절대로 화장하지 않을 거야"란다. 그도 슬픔보다는 두려움이 더 컸던 게 분명하다.

어설프게 띄엄띄엄 일본말을 익힌 어머니가 민단에 일자리를 얻고, 지인의 도움으로 우리가 살 집을 구한 이듬해 봄은 따뜻했다. 그래도 마음속 깊은 곳에 자리한 빈자리는 여전히 세상에 대한 두려움으로 이어졌다. 이 두려움에서 해방된 것은 언제였을까. 고등학교를 졸업했을 때, 아니 아니다. 시간이 더 흘러, 대학을 졸업하고 직장에서 첫 월급을 손에 쥐었을 때, 아마 그 때였던 것 같다. 월급봉투에 적힌 '갑근세'라는 생소한 단어를 보면서 아버지의 빈자리가 이제는 문제가 되지 않는다고 시각으로 느꼈다.

그래도 그 빈자리에 대한 상처가 아물기까지는 더 많은 시간이 필요했다. 결혼을 하고, 영화 대사는 아니지만 "너거 아부지 뭐하시노?"라는 질문을 더 이상 듣지 않게 되는 그날까지 아버지의 빈자리는 '나'를 설명할 때 빼놓을 수 없는 '불편함'의 하나였다. 30년이 훨씬 지난 지금, 나는 아버지의 죽음을 두려움도 불편함도 아닌 슬픔으로 기억한다. 지금의 내 나이보다 더 젊은 나이에 세상을 떠난 아버지. 자전거에 동생을 태우고 새집으로 이사하는 날의 풍경을 떠올리면, 남겨진 세 사람의 모습이 이제야 슬픔으로 다가온다.

요양원과 실버타운에서

지난 주말 딸아이를 데리고 시댁을 찾았다. 여기서 '시댁'이라는 단어를 어찌 설명해야 할지 모르겠다. 아버님은 김천 실버타운에 계시고, 어머님은 대구 요양병원에 계신다. 그러니 대구 형님 댁에 들렀다가 요양원, 그리고 김천으로 돌아야 하는 긴 길이다.

치매로 당신 손으로 기른 손주마저 알아보지 못하게 된 어머님을 요양원으로 모시기까지 많은 시간이 필요했다. 가족들의 가슴앓이는 어찌 말로 다 할 수 있겠는가. 식사 조절이 어려워 다리가 퉁퉁 부었다는 이야기에, 뚝 떨어져 사는 막내인 우리는 벙어리 냉가슴 앓듯 할 뿐이었다. 여하튼 사남매가 모여서 가족회의를 하고 내린 어려운 결정이었다.

역시 어머님은 손녀딸을 알아보지 못했다. "어머니 막내아들의 딸, 은정이에요"라는 설명에 "알고 있다"고 하는 것은 어머님의 마지막 자존심인지도 모른다. "약도 주사도 주지 않으니 병이 다 나은 것 같다. 집에 가고 싶으니 빨리 퇴원시켜라"는 말을 수없이 반복하고 "오늘은 토요일이라 퇴원이 안 된답니다"는 거짓말로 버티고 있는 요양원이다. 돌아오는 길, 딸아이는 눈물을 가득 담고 "엄마는 언제까지나 날 기억해야 해"란다. "엄마는 너 없이 살 수 없는 존재니 절대로 그럴 일이 없다"고, "엄마는 너랑 언제까지라도 같이 살 거다"고 단언했다. 세월이 허락지 않는 약속인지 알지만, 그렇다고 허풍이라고는 하고 싶지 않다. 희망이라고나 해야겠다.

아버님은 다리가 좀 불편하기는 하지만 다행히 홀로서기가 가능했다. 실버타운에 잘 적응하고 계시니 얼마나 마음이 가벼운지 모른다. 대학생이 된 것을 축하한다면서 내놓은 봉투를 냉큼 받고는 좋아라 하는 딸아이의 얼굴이 밝기만 하다.

아흔을 바라보는 두 어른을 요양원과 실버타운에 모시고, 오래오래 사시기를 바라는 마음과 감당해야 하는 긴 시간에 대한 두려움이 이중나선 모양을 그리면서 내 가슴을 누른다. 다시 찾아온 두려움이다. 슬픔이 아닌 두려움. 막내며느리가 이런데 아들들의 마음은 어찌 말로 표현할 수 있겠는가.

감나무 집 손녀딸

감꽃 필 때

감나무에 꽃이 피는 계절이 다가오면 나는 할머니를 기억한다.
외갓집에서 자란 나에게 할머니는 특별한 사람이다. 어린 시절
을 기억할 때 그 그림 속에는 커다란 감나무가 있고 감나무 아래
소복이 떨어진 감꽃으로 목걸이를 만든다고 쭈그리고 앉아 있는
작은 여자아이가 있다. 그 뒤에는 장독대에서 바삐 움직이는 쪽
진 머리의 할머니의 모습이 보인다. 단발머리에 앞니 빠진 여자

아이는 빨간 주름치마를 나풀거리면서 할머니의 하얀 커다란 치마 속으로 얼굴을 파묻는다.

감꽃은 옅은 노란색의 작은 왕관 모양인데 그 고리 사이로 실을 꿰는 일은 어렵지 않았다. 목걸이를 만들고 팔찌를 만들고 화관도 만들어서 치장하고 뽐냈다. 엄마도 삼촌도 이모도 없는 긴 한나절을 나는 이렇게 보내고 있었다. 할머니는 항상 내편이었다. 뛰다가 넘어져 무릎이라도 까지면 무서운 눈으로 땅바닥을 나무라고, 모서리에 부딪쳐 울고 있으면 모서리를 때리면서 혼내고 나를 달랬다. 커다란 치마폭으로 항상 감싸고 있었다.

나는 이 시간을 한 장의 아련한 그리고 따뜻한 그림으로 기억한다. 이건 나에게 큰 힘이다. 지금 감나무 집은 도시의 빌딩 속에 파묻혀 찾아볼 수 없고, 할머니도 이제는 이 세상 사람이 아니다.

우리 가족이 이사를 나오고 외갓집에서 멀어졌다. 어쩌다 찾은 외갓집에는 여전히 감나무가 꽃을 피웠고, 할머니는 바삐 움직이고 있었다. 삼촌이 결혼을 하고 새 식구가 생기면서 감나무 아래의 주인공은 작고 예쁜 아가들로 바뀌었다. 이제는 내가 달려가서 얼굴을 파묻을 곳은 없었지만, 그래도 여전히 따뜻한 그림이 그려졌다. 나는 더 이상 그 그림 속의 주인공이 아니었지만 아가들의 재잘거림은 따뜻한 그림 속에서 행복하게 기억된다.

제사니 잔치니 하면서 감나무 집 마당이 분주할 때, 문간방 구석에서 책이라도 보고 있노라면 할머니는 살짝 다가와 치맛자락에 숨겨온 뭔가를 건네고 갔다. 그것이 옥수수이기도 했고, 수박만한 복숭아이기도 했고, 그 시절 보기도 드문 바나나이기도 했다. 작은 손으로 만든 감꽃 목걸이를 기억하는 나와 할머니는 무언의 미소를 나누었다.

사진 속의 소녀

비가 쏟아져 감꽃이 마구 떨어지는 어느 날, 문간방의 무료함 속에서 한 권의 앨범을 찾았다. 앨범 속에는 내가 모르는 많은 이야기들이 있었는데, 그 안에 양 갈래로 땋은 머리가 너무나 단아한 소녀의 사진이 나의 눈길을 잡았다. 매혹적이었다. 빛바랜 옛 흑백사진은 지금의 화사한 색채가 그대로 표현되는 디지털 카메라의 사진과는 사뭇 다른 신비로움을 가진다. 동그란 눈동자에서는 자신의 먼 미래에 대한 도전을 확신하는 다부진 꿈이, 꼭 다

문 입가에서는 누구도 접근할 수 없는 고집스러운 자아가 느껴졌다. 사진의 주인공은 엄마도 이모도 아니었다. 나에게는 생각할 수도 없는 시간 속의 할머니였다.

나는 태어나면서부터 할머니를 할머니로만 보았다. 긴 시간 속에서 할머니는 '한 여인'으로서의 역사를 가지고 있으며 그 속에서는 항상 주인공이라는 사실을 왜 몰랐을까. 고집스러운 자아를 가진 소녀는 엄마가 되고 할머니가 되면서 자신의 삶을 겸허히 받아들이고 있다는 사실을 왜 몰랐을까. 그날 왜 그리도 슬피 울었는지 모르겠다. 감꽃 떨어지는 소리가 슬펐기 때문만은 아니다. 여드름으로 인생의 고민을 대신하는 사춘기 소녀의 눈에 빛바랜 사진의 주인공이 너무 예뻤기 때문이다.

많은 시간이 흘러 나도 결혼을 하고 가정을 꾸리게 되었다. 어머니가 우리 집을 찾는 날에는 할머니도 같이 우리 집을 찾았다. 두 노인네는 뒷 베란다를 좋아했다. 활짝 연 창밖으로는 양재천이 보이고, 꽃이 피고 지는 모습을 볼 수 있어서 더 없는 자리라고 했다. 타일 바닥에 자리를 깔고 이야기보따리를 늘어놓으면 나와 우리 딸도 그 좁은 자리에 끼어서 한몫했다. 할머니, 엄마, 나, 딸 4대에 걸친 여자들의 수다는 밤이 새는 지도 몰랐다. 때로는 할머니만 챙기는 엄마를 나는 질투했고, 나도 엄마랑 이야기 하는 시간이 길어지다 보니 우리 딸 역시 질투했다. 이런 모녀들을 신랑과 아들 두 남자는 재밌어했다.

할머니의 서울 나들이는 점점 어려워졌다. 몸이 많이 쇠약해져서 우리들을 안타깝게 했다. 감꽃이 피는 계절이 되면 할머니 뵈러가야지 했지만 할머니는 기다려 주지 않았다. 다시는 돌아올 수 없는 먼 곳으로 떠났다.

조용히 그리고 천천히 늙어가는 할머니의 모습을 기억한다. 편안하게 낮은 목소리로 삶을 말하고 떠났다. '산다는 것'은 화려한 숨소리만이 아니라 '늙음'도 '죽음'도 함께한다. 지금 내가 살고 있는 모습은 바로 내 모습이고, '늙음'도 '죽음'도 나의 것으로 받아들여야 한다. 엄마의 늙어 가는 모습도, 할머니의 죽음도 다 자연스러운 우리의 것으로 받아들여야 한다.

나에게 할머니는 지금도 큰 감나무가 있는 외갓집 장독대를 바삐 걸어 다니고, 툇마루에 앉아서 담배를 피운다. 나에게는 소중한 사람이다. 그러고 보니, 내가 기억하는 감나무 꽃 화사한 하얀 치마의 할머니는 지금의 내 나이였다. 올해도 어김없이 감나무에 꽃이 피고 그 아래 떨어진 감꽃은 할머니와의 기억을 소복이 간직한다.

사진 한 장의 무게

삶이 무겁다

삶이 무겁다. 어디서부터 내려놓아야 할까. 살을 빼면 삶도 가벼워질 것이라고 확신했지만, 그건 몇 번이고 시도했었고 매번 성공하지 못한 기억에 차마 엄두를 못 낸다. 초여름 뜨거워진 햇살에 뒹굴뒹굴하다가 책장 맨 아래 칸을 모두 차지하고 있는 두꺼운 앨범 12권을 보았다. 그래 저것이라도 치우면 삶이 가벼워지겠지. 들기도 무거운 한권의 앨범을 꺼내서 열어보니 먼 기억속의 장면들이 하나하나 그대로 살아 움직인다. 그러니 훌쩍 가져다버리기에는 아쉬움이 남았다. 열어보지나 말 것을. 무겁니 어쩌니 하면서도 '아쉬움'이 그 무게보다는 더 한 것 같았다. 그래서 부피도 무게도 없는, 손으로는 만질 수 없는 가상공간 속에 묻어두기로 했다.

이건 똑똑한 내가 갑자기 생각해낸 것이 아니다. 최근에 한 친구가 앨범을 전문가에게 맡겨서 새끼손가락보다 작은 usb에 담았다고 자랑했다. 책이니 신문이니 모든 자료가 컴퓨터 속으로 들어가는 이 시대에 앨범 역시 무게를 가지고 땅을 딛고 있기에는 거추장스러운 것이 되었다.

노모와 단 둘이 사는 선배 한분의 말을 기억했다. "나이 오십이 되니 여기저기 몸이 아파오는데, 가장 먼저 한 일이 무엇인지 아는가?" 그게 앨범의 사진을 없애는 일이었다고 했다. "내가 먼저 죽으면 어머니는 요양원에 가야할 것이고, 그건 어쩔 수 없는 일이고…"라면서 살짝 입을 실룩하더니, "물건들은 다 버려지거나 누군가의 손에 들어가겠지" 그런데 사진만은 그냥 둘 수 없다는 것이 선배의 말이었다. 그래서, 시집오는 날 입은 다홍치마는 기억하지만 간혹 같이 사는 딸에게 "댁은 뉘시오"라고 묻는 노모와 둘이 쭈그리고 앉아서 기억이 담긴 사진을 가위로 조각조각 내는 일을 며칠이나 했다고 담담하게 내뱉었다. 순간 그 공간의 고요함이 내 머리 속에 그려지면서 나는 주책스럽게도 닭똥 같은 눈물을 뚝뚝 떨어뜨렸다.

사진 속의 기억

사진은 다른 물건과는 다르긴 다른 모양이다. 아이를 낳고도 직장생활을 하겠다고 고집을 부리면서, 집에서 아이를 돌볼 사람을 구했다. 칠순을 바라보는 적지 않은 나이의 할머니였는데 둘째를 가지고 직장을 그만둘 때까지, 그러니 큰놈이 두 돌이 될 때까지 같이 살았다. 우리 아이에게는 생애 첫 번째 소중한 인연이었다. 할머니가 우리 집을 떠나는 날, 나는 아이의 돌반지로 십자가 목걸이를 만들어 선물했는데, 할머니는 이것보다 아이 사진을 하나 달라고 했다. 그래서 걸음마를 떼고 아장아장 걷는 사진 한 장을 드렸다.

많은 시간이 지나 아이가 초등학교 입학을 한다고 하니, 아이가 보고 싶다고 일부러 찾아왔다. 같이 밥을 먹고 씩씩하게 자란 아이의 모습에 참 좋아했다. 그리고 돌아가는 길, "내가 얼마나 더 살지 모르는 일이니 이건 애기 엄마한테 돌려 줘야겠다"면서 손수건에 고이 싼 그때 그 사진을 내밀었다. 건강하게 오래오래 사실 것이고 사진은 많이 있으니 이거 한 장은 가져도 된다고 했지만 결국 가지고 가지 않았다. 할머니에게 사진은 커다란 무게로 느껴졌던 것이 분명하다.

엄청난 작업이 시작되었다. 앨범에서 한 장 한 장 사진을 떼어서 스캐너에 올리고 컴퓨터에 저장하는 일을 하고 하고 또 하고, 오늘이 며칠 째인지 알지도 못할 정도가 되었다. 거북이 목이 되었고, 허리가 아프고 어깨가 아프고 손목은 시리기까지 했다. 그런데 아프고 시린 것이 이것만이겠는가. 스캐너의 시작 버튼을 누르면 찌~ 소리를 내면서 빛이 지나가고 모니터에 화상이 그려지는데, 그 잠깐의 시간은 사진이 담고 있는 옛 시간을 확인하는 것만이 아니라 그 시간 속으로 빠져들어 온갖 기억을 헤맨다.

활짝 웃고 있는 사진 속에서 아름답기만 한 추억을 찾고 있지만, 내가 성격이 더럽기는 더러운 모양이다. 사진마다 웃음 속에 감추어진 찌푸린 마음이 어찌 그리도 많은지. 내 마음에만 담고 있는 응어리가 요정이 되어, 끝에 별이 달린 그 가늘고 긴 막대기로 콧등을 딱 치면서 "그러니 그렇게 살지 말라고 했지"라고 놀리고는 달아난다. 이 정도야 감당할 수 있는 일이지만, 때로는 요정이 아니라 시커먼 망토를 두른 유령이 나타나 내 어깨를 꾹 누르고 오랫동안 떠나지 않는다. 분명 얼굴은 웃고 있는데 말이다. 한 장의 사진, 그 가벼운 종이 한 장 뒤에 무궁한 이야기가 있고 천금만금 감정의 요동이 담겨있다. 이것을 잡아다 컴퓨터 속 특별한 공간에 가둔다고 없어지겠는가.

나는 지금 엄청난 작업을 하고 있다. 그냥 가만히 둘 것을, 괜히 건드려서 마음의 먼지만 일게 했다고 후회하지만 이미 늦은 일이다.

바보다!

가고 싶은 학교가 있었는데, 2점이 부족해서 포기해야 했다. 부족한 2점은 오랫동안 아픈 기억으로 남았다. 겨우 2점으로 얻을 수 있었던 많은 '성공'은 기억하지 못하면서, 단 하나 잃어버린 것은 상처가 되고 흉터가 되었다.

어리석은 사람이다. 가지지 못한 것들만 아파하고 내가 가진 이 많은 보물들을 잊고 있으니 말이다. 이루지 못한 사랑의 그 사람을 그리워하면서, 지금 내 가까이에서 토닥토닥 살아가는 이 소중한 사람을 소홀히 하니 말이다.

지인으로부터 글을 하나 받았다. 여기에 '인연수(因緣數)'라는 단어가 있다. 이 단어를 이해하자면, 너와 나의 인연에는 정해진 시간이 있으니 이 시간이 다하면 더 이상 연연해 할 필요가 없다는 것이다. 그래 그것도 좋다. 그런데 너와 나의 인연수가 몇인지 누가 안다는 건가. 이거 역시 하늘이 정하는 일인데, 인연수가 다 했다고 멋대로 생각하고 내쳐도 되겠는가. 인연수가 남았다고 집착해도 되겠는가.

작고 작은 이 사람이 상처 없이 살아가는 방법은, 작고 작다는 사실을 알고 작게 작게 살아가면 된다. 작아서 그 서러움에 크게 몸짓을 하는데, 그게 얼마나 추한 짓인지 반백년 살아온 시간이 말해준다. 나의 몸짓이 폭력이 아니라 다독임이기를, 나의 말이 고함이 아니라 속삭임이기를 기도한다.

나는 참 많은 것을 사랑했다. 뜨겁게 안아주는 사람에게도, 살포시 바라보는 사람에게도 정열적으로 다가갔다. 그래서 식어가는 시간이 더 차갑고 아리다. 나도 창밖의 저 나무처럼 1년이 지나도 2년이 지나도 10년이 지나도 그냥 가만히 서있고 싶다. 어느 날 보니 옅은 녹색을 두르고, 어느 날 봤더니 푸르름으로 가득하지만 결코 소리 내지 않고, 그리고 벌거숭이가 된 어느 날에도 누구 하나 원망 없이 묵묵히 봄을 기다리는 나무이고 싶다. 얼마나 뿌리를 깊게 내리면, 얼마나 생명에 대한 믿음이 굳건하면 저리 살 수 있을까.

펑펑 눈이 내린다. 눈 속을 거니니 나도 눈사람이 되었다. 눈이 녹으면 나도 같이 녹아서 물이 된다면 그것이 인연수의 끝자리일런가.

생각이 운명이다

훌륭한 제자

열을 말하면 하나도 겨우 들어주는 사람이 있는가 하면, 하나를 말해도 열을 들어주는 사람이 있다. 하진이가 그런 사람이다.

학위를 받고 천안의 모대학교 일본어학과에서 처음 강의를 시작했을 때 만났으니, 이 만남도 20년이 훨씬 넘는다. 항상 긍정적이고 열심히 뛰어다니는 그의 모습은 지금도 행복한 웃음소리와 함께 기억된다. 하루는 서재의 책을 옮길 일이 있어서 어렵게 부탁을 했더니 다음날 건장한 친구 네댓 명을 데리고 왔다. 싫은 얼굴하지 않고 와준 것만도 고마운데, 목장갑을 준비해온지라 얼마나 감동했는지 모른다. 졸업 후에도 직장을 구했다, 결혼을 한다, 학위를 받았다면서 부족하고 게으른 나를 잊지 않고 찾아주는 소중한 인연이다.

ATTITUDE

하진이와 점심약속을 했다. 아들 녀석이 난데없이 다이어리가 필요하다고 해서 하나 달라고 했다. 지난여름에 법무팀 팀장으로 승진했다고 하니 다이어리 하나 정도는 쉽게 구할 수 있을 거라는 가벼운 생각과, '일본'을 공부한 사람으로 '지금'을 어떻게 살고 있는지, 일본을 공부하는 후배들이 어떤 비전을 가지고 사회에 진출해야 하는지, 나는 하진이를 통해서 현장의 소리를 듣고 싶었다. 그리고 우리 아들과 꼭 만나게 해주고 싶었다.

역시 하진이는 하나를 부탁하면 열을 준비하는 사람이었다. 음식을 기다리는 동안, 우리아들을 위해서 준비한 게 있다면서, PPT 자료화면 복사한 것과 함께 이야기보따리를 풀었다. "인생

에서 나 자신을 바꾼 두 가지 사건이 있는데 그 하나는 군대이고,
또 하나는 어느 인도인과의 만남이었다. 그 인도 친구가 나에게
해준 이야기를 들려주고 싶어서 준비했"는 것이다.

제목은 '삶을 100% 완벽하게 만들 수 있는 작은 진실'인데, 내용
은 다음과 같다. ABCD…를 숫자로 바꾸면, 이를테면 A=1 B=2
C=3 D=4 E=5 F=6 G=7 H=8 I=9 J=10 K=11 L=12 M=13 N=14
O=15 P=16 Q=17 R=18 S=19 T=20 U=21 V=22 W=23 X=24
Y=25 Z=26이다. 이렇게 전제하고 나의 삶을 완벽하게 만들 수
있는 단어를 찾아보는 것이다. 내가 중요하다고 생각하는 것들
이 나의 삶을 몇 퍼센트나 채울 수 있을지 계산해보는 일종의 게
임이다.

예를 들어

HARD WORK는

H+A+R+D+W+O+R+K=8+1+18+4+23+15+18+11=98%

KNOWLEDGE는

K+N+O+W+L+E+D+G+E=11+14+15+23+12+5+4+7+5=96%

정말 중요하다고 생각하는 LOVE는

L+O+V+E=54%

더 중요하다고 생각하는 LUCK은

L+U+C+K=47%

내가 좋아하는 MONEY는

M+O+N+E+Y=72%

LEADERSHIP은

L+E+A+D+E+R+S+H+I+P=89%

정답은

ATTITUDE=

A+T+T+I+T+U+D+E=1+20+20+9+20+21+4+5=100%

태도, 마음가짐, 자세, 몸가짐으로 해석할 수 있는 단어다. "ATTITUDE를 바꾸면 삶이 바뀐다"는 결론이다. 긍정적인 태도와 마음가짐이 결국 내일의 나를 만든다는 것이 하진이가 준비한 결론이다.

전 영국 수상 마거릿 대처를 담은 영화 '철의 여인'을 보았다.

생각을 조심해라 말이 된다.

말을 조심해라 행동이 된다.

행동을 조심해라 습관이 된다.

습관을 조심해라 성격이 된다.

성격을 조심해라 운명이 된다.

"인생은 생각하는 대로 된다." 철의 여인 아버지가 딸에게 한 말이다. "사주는 팔자고, 팔자는 태도고, 태도는 운명"이라는 누군가의 말도 기억한다. 어려운 이 시기에 사회에 진출하는 우리 젊은이들이 현실을 탓하기 보다는 긍정적인 태도와 마음가짐만 있다면 미래에 대한 불안은 극복할 수 있다고 나는 확신한다. 나는 이런 제자가 있어서 행복한 하루였다.

거울에 비친 나

거울

매일 아침 학교 지하 주차장에 차를 세우고 엘리베이터 앞에 서는 순간 나는 매우 불쾌하다. 불쾌하다는 표현이 적절한지 모르지만 여하튼 불편하고 화가 나고 편하지 않다. 이유는, 엘리베이터 문짝에 비친 내 모습이 가로로 퍼져서 뚱뚱하게 보이기 때문이다. 아예 납작하게 찌그러져 있다면 이건 잘못된 것이라고 무시하겠는데, 약간 아주 약간 가로로 퍼져서 뚱보가 된 내 모습이

보기 흉하다.

분명 오늘 아침에도 현관 앞에서 아랫배에 힘을 주고 타이트스 커트의 선을 확인하면서 하이힐을 골라 신었다. 그런데 이게 웬일인가. 학교 건물 엘리베이터 문짝에 비친 내 다리는 뾰족한 구두 위에 얹은 무 같고, 블라우스의 꽃무늬마저 넓적하니 예쁘지 않다. 오른손을 가로로 왼손을 세로로 세우고 문짝에 비친 약간의 길이의 차이를 확인하면서 "이건 분명 문짝이 나를 잘못 비추고 있기 때문이다"라고 위안하지만 그래도 마음은 여전히 불편하다.

다행히 건물 6층에 전신거울이 있는데, 이건 세로로 조금 길어보인다. 우리 집 현관 거울보다 더 예쁘게 비추니 만족한다. 날씬하고 세련된 모습이다. 조금 전의 불편한 마음은 사라지고 오늘 하루도 가볍게 뛰어다닐 수 있는 자신감이 생긴다. "그래 이게 바로 나의 모습이야. 으하하하~!"

사실 어디에 비친 모습이 진정한 나의 모습인지 모른다. 엘리베이터 문짝에 비친 모습이 나의 모습일 수도 있고, 건물 6층 거울에 비친 모습이 내 모습일 수도 있다. 우리 집 거울이 제대로 된 것이라 믿고 있지만 사실 그것도 확실하지 않다. 진실은 분명 존재하지만, 중요한 건 진실이 아니라 내 눈에 비치는 그 자체가 전부다. 나는 이렇게 단순한 사람이다. 이렇게 작은 사실에 나 자신을 평가하고 기분이 좋아졌다 나빠졌다 한다. 내 주변에는 많은 거울이 있다. 나는 이 거울을 통해서 내 모습을 확인한다. 나를 형편없는 못난이로 비추는 거울이 있고, 예쁜이로 비추는 거울이 있고, 너무 정확하게 나를 비추어서 오히려 부담스러운 거울도 있다.

차도르 속에서의 자유

얼마 전 이집트를 여행하면서 까만 차도르를 뒤집어쓴 이슬람 여인을 보았다. 까만 눈동자만 반짝이는 그녀의 숨겨진 모습이 궁금하기도 했지만, 무엇보다 그녀는 무엇을 생각하면서 저 까만 천속에 숨어 있는지 궁금했다. 그녀 역시 뭇 남성의 시선을 느끼며 풍만한 가슴과 잘록한 허리를 동경할 터인데, 절제된 저 까만 공간 속에서 분명 자유로워지고 싶을 텐데. 그녀 역시 거울을 볼까. 거울에 비친 자신의 모습에서 무엇을 생각할까 등등 혼자 많은 것을 생각했다.

80년대 일본의 고등학교는 규칙이 엄했다. 매일 아침 복장을 검사했다. 그래도 우리들만의 유행이 있었다. 모두 똑같은 교복을 입었지만, 선도부 선생님의 눈을 피해 치마 단을 3센티 내리고 블라우스 허리선을 줄이면서 유행을 쫓았다. 앞머리를 펌하고 아침마다 드라이기로 잡아당기면서 차별된 나만의 멋을 찾았다. 이것은 교문 앞에서 결코 들키지 않을 정도의 '멋'이었고 '반항'이었다. 어른들의 눈에는 보이지 않겠지만 우리들은 그 미묘한 차이를 알고 있었고, 그것을 위해서 많은 시간과 돈을 투자했다. 어린 계집애들도 이러니, 차도르의 여인 역시 뭔가로 멋을 부리고 있을 것이 분명하다고 생각했다.

우연히 '차도르야말로 여성의 진정한 자유'라는 젊은 이슬람 여대생의 글을 접하고, 차도르에 대한 또 다른 생각을 읽었다.

"차도르를 쓰기 전에는, 다른 사람들이 어떻게 생각하는가에 따라 내 자신을 생각했다. 나의 행복은 다른 사람들이 나를 어떻게 평가하는가에 달려 있다고 생각했다. 그런데 차도르를 쓰고부터 나는 자존감을 얻었다. 다른 사람들의 시선이 중요하지 않다는 것을 깨달았다."

차도르를 쓰면 누구의 시선도 의식할 필요가 없어서 그 안에서 여인은 진정한 자유인이 된다는 내용이다. 억지라는 생각도 들었지만, '시선으로부터 자유'라는 글귀에 눈이 머물렀다. 유럽의 많은 나라에서는 여성 억압과 극단적 근본주의의 상징이라는 이유로 차도르 착용을 금지하고 있다. 여성들의 인권보호나 사회참여 등을 주장하는 페미니즘 운동이 일어나면서 이슬람권에서도 차도르를 착용하지 않는 여성들이 늘어나고 있다. 그런데 그녀의 주장은 페미니즘, 종교 이런 차원에서의 문제가 아니라 '나' 자신에 대한 통찰을 말하고 있으니 흥미롭지 않을 수 없었다.

타인의 눈

여기서 나는 왜 〈금강경〉의 한 구절이 떠오르는지 모르겠다. "무릇 형상이 있는 모든 모습은 다 허망한 것이다. 만약 사물의 겉모습을 보고 그것이 참된 모습이 아닌 줄 알면, 곧바로 여래를 볼 수 있을 것이다(凡所有相 皆是虛妄 若見諸相非相 卽見如來)."

나는 지금 어떤 모습인지. 나는 지금 타인의 눈에 어떻게 비치고 있는지. 나는 나 자신을 직접 볼 수가 없기 때문에 거울을 통해서 확인한다. 그런데 그 거울은 항상 진실만을 말하지는 않는다.

때로는 심술을 부리고, 때로는 아주 친절하게 내 모습을 비춘다. 거울이 진실만을 말하지 않는다는 것을 알면서도 나는 그 거울을 통해서 타인의 시선을 의식하고 나 자신을 확인한다.

내가 얼마나 예쁘고 또 얼마나 부족하고 얼마나 소중한 존재인지 나는 거울을 통해서 확인한다. 어제도 그랬고, 오늘도 그렇고, 아마 내일도 그럴 것이다. 차도르의 자유도 금강경의 여래도 나에게는 딴 세상의 이야기로 들리는 것은, 나는 아직 성숙한 나 자신을 찾지 못했기 때문인지 모른다.

07

멋진 왕자님을 만나고 싶다면

일본 사람처럼 보이는가?

나에게는 많은 거울이 있다. 나는 그 거울을 통해서 내 모습을 확인한다. 나는 지금 어떤 모습인지. 나는 지금 타인의 눈에 어떻게 비치고 있는지. 나는 나 자신을 직접 볼 수 없기 때문에 거울을 통해서 확인한다.

이태원을 거닐면 일본어로 "오죠상~(お嬢さん, 아가씨)"이라면서

호객행위를 하는 상점 주인들이 있었다. 공항에서도 곧잘 일본어로 안내를 받았다. 옷 때문일까. 분명 남대문에서 산 것인데도 일본 냄새가 나는 모양이다. 걸음걸이, 말, 표정, 기타 등등 내가 풍기는 어떤 모습을 보고 일본 사람이라고 여기며 다가왔고, 나는 '일본 사람스럽다'는 사실을 그들을 통해서 인식했다. 그래서 나는 아무 설명 없이 더욱 일본 사람스럽게 웃어 보이면서 지나 갔다.

일본에서 살아온 긴 시간이 나에게 묻어나는 건, 그건 바로 나를 설명하는 하나의 키워드일 것이며 솔직한 나의 모습이라는 사실을 부인하지 않았다. 그런데 이런 것도 퇴색하는 모양이다. 최근에는 이렇게 일본말을 하면서 다가오는 사람이 없다. '오죠상'이 아니라 '오바상(おばさん, 아줌마)'이라고 불리는 일도 없다. 역시 한국에서 살아온 긴 시간이, 그리고 지금의 시간이 '일본에서의 나'를 지운 것이 분명하다. 이런 사실 역시 타인의 시선을 통해서 확인한다. 그나저나 "라이 라이 콰이 라이"라고 억센 발음으로 나를 부르는 사람은 또 뭔 일인지 모르겠다.

생각해보니 정녕 나의 생김새만이 아닌 것 같다. '나'라는 존재는 항상 뭔가를 통해서 확인된다. 때로는 그것이 성적표이고 때로는 월급봉투의 액수이고, 사람들의 칭찬이고, 꾸중이다. 그렇다. 무엇보다도 주변 사람들의 칭찬과 꾸중, 표정, 말 이런 것들이 바로 나를 비추는 거울이다. 나는 사람들을 통해서 내가 상당히 괜찮은 사람이라고 생각해본 적도 있고, 또한 나 자신에 대해서 실망한 적도 적지 않다. 분명 나는 하나의 존재로 그 무게를 가지고 존재하면서도, 존재에 대한 가치를 항상 타자를 통해서 인식한다. 그렇다. 나는 주변의 거울에 나를 비추고, 거기서 자유롭지 못한 인간이다.

나의 피커링 대령

갑자기 두려워졌다. 진정 나의 모습은 어떠한지. 나는 한 번도 내 모습을 직접 본 적이 없다는 생각을 했다. 볼 수 없었다. 보지 않았다. 뮤지컬 영화 〈마이 페어 레이디〉에서 오드리 헵번의 말을 기억한다.

"귀부인과 길거리에서 꽃 파는 소녀의 차이는 무엇인지 아시나요. 그것은 그녀가 어떻게 행동하느냐에 있는 것이 아닙니다. 상대가 그녀를 어떻게 대우해 주는가에 있지요. 하긴스 교수님 앞에서 나는 언제나 꽃을 파는 소녀였습니다. 그 분은 저를 꽃 파는 소녀로 대했고 앞으로도 그럴 겁니다. 하지만 피커링 대령님 앞에서는 귀부인이었습니다. 언제나 나를 귀부인으로 대했고 앞으로도 그럴 테니까요."

길거리에서 방황하는 꽃 팔이 소녀가 언어학자 하긴스 교수의 교육을 받고 아름다운 숙녀로 거듭나는 이야기 속에 등장하는 대사다. 내가 어떤 존재인지. 나를 천하게 비추는 거울 앞에서 나는 한없이 주눅이 들고, 아름답고 우아하게 비추는 거울 앞에서는 자신감을 가진다. 아무리 내가 큰 사람이라고 외쳐도 내 모습을 비추는 그 눈빛이 그렇지 않으면 나는 움츠린다.

나에게도 피커링 대령과 같은 사람이 있다. 항상 나를 바라보고 나를 소중하다고 말해주는 사람. 나는 그 사람의 눈동자 속에서 나를 찾는다. 오래오래 항상 그의 눈을 통해서만 나를 보고 싶다고 생각하지만, 그럴 수만 없는 게 세상사다. 하긴스 교수 같은 사람이 도처에 있으니 말이다.

생각해보니, 나도 누군가에게는 그 사람을 비추는 거울이 된다. 나는 그 사람에게 어떤 거울일까. 찌그러진 거울이라 자신의 모습을 비추어보고 싶지 않은 거울일 수도 있고, 참한 거울이라 자꾸만 자신의 모습을 비추어보고 싶은 거울일 수도 있다. 혹은 너무 정확하게 비추어서 피하고 싶은 거울일 수도 있다.

나는 멋진 왕자님을 만나서 살고 싶었다. 요술을 부려서 내 옆에 있는 사람을 왕자님으로 비추어준다면 나는 "멋진 왕자님이랑 영원히 행복하게 살았습니다"라는 동화의 해피엔딩을 그릴 수 있을지도 모른다. 이건 내가 할 수 있는 일이다.

ARRIVAL

VI

APPROVED

오바마의
스케줄이
궁금하다

01

오바마의 스케줄이 궁금하다

자유의 열쇠

지난 12월 막내의 대학합격 소식을 듣는 순간 등짝이 근질근질
하더니 드디어 두개의 날개가 돋았다. 이제 세상을 향해서 날아
갈 수 있는 시간이 되었다고, 나 스스로 꽁꽁 숨겨둔 '자유의 열
쇠'를 꺼냈다.

내 새끼 키운다고 엄두도 못낸 일을 시작했다. 그 첫째가 '국경없

는 교육가회(EWB, Educators Without Borders)'라는 이름도 거창한 NGO의 멤버가 된 것이다. 2007년에 시작되었다고 하니 꽤나 오랜 시간 많은 선배들이 교육을 통한 빈곤퇴치를 위해서, 더 나아가 개발도상국 교육발전을 위해서 노력해온 기관이다. 1999년에 '국경없는 의사회'가 노벨평화상을 수상했다니 어쩌니 하면서 우리도 노벨상을 받을 수 있을 것이며 그날 수상식장에 꼭 데려가겠다는 황당한 이야기에 귀를 쫑긋 세우고 관심을 가지기 시작했다.

NGO가 무엇이며, 어떤 일을 해야 하는지. 아무것도 모르고 덜렁 가입하고 나니 오십견으로 팔도 잘 올리지 못하는 내가 무엇을 할 수 있을지 두렵기만 했다. '바람의 딸' 한비야를 기억하면서 "나는 그런 것 못 해요"하고 뒷걸음질 치는 나에게 선배들은 "우리는 긴급구호 전문가가 아니니 전쟁터로 뛰어 들어가지는 않는다. 배움이 부족해서 어려운 사람들이 사는 곳에서 그 사람들이 보다 나은 삶을 영위할 수 있도록 돕는 일이다"는 말로 다독였다.

아무리 가난하고 어려운 나라라도 하나의 '국가'인 이상 정부가 있고 행정기관이 있으니 젊은 사람들이 현장에 직접 뛰어들어

일을 할 수 있도록 그 나라의 기관과 잘 교섭해서 시스템을 만들어나가는 것은 역시 '오십견을 앓아본 사람'만이 할 수 있는 일이라는 말에도 설득력이 있었다.

세상에 태어나서 내가 아닌 타자를 위해서 움직일 수 있는 것이야말로 가장 의미 있는 일이고 뭔가를 하고 싶다고, 해야 한다고 마음은 있었지만 항상 정리되지 않은 산더미 같은 일거리 앞에서 '내 앞가림이나 해야지 무슨 오지랖이냐'는 생각에 내 배부터 채우고 내 새끼 챙기는 일 외에는 눈을 감았다.

EWB는 아프리카 및 아시아 지역에서 교육활동을 수행하고 있는데, 그래도 가장 힘이 들어가 있는 나라는, 교육가회의 대표가 명예영사로 임명받고 활동하고 있는 부르키나파소다. 사하라사막 밑에 위치한 이 나라는 한반도보다 조금 더 크고 인구가 약 2천만 명, GDP 120억 달러로 세계 123위(2016 IMF 기준). 이런 숫자가 그들을 설명할 수는 없지만, 여하튼 절대빈곤층의 비율이 50%에 가까운, 아프리카에서도 최빈국에 속하는 나라다. 나라가 가난하다고 미래가 없고 꿈이 없는 것은 아니다. 배움을 통해서 질망과 가난에서 벗어나고자 애쓰는 나라다.

오지랖이 국경을 넘다

여기에 EWB가 있었다. 아프리카 현지 전문가들과 함께 그들에게 필요한 교육 프로그램을 개발하고 그들이 스스로 성장할 수 있는 단계별 교육을 진행했다. 이 가르침을 통해서 글을 깨친 여성농민이 궁핍한 가계의 소득을 창출하기 위한 기능기술 훈련도 받았다. EWB로부터 10만원 남짓 작은 돈을 빌려간 800여 창업자는 시장에 물건을 내다팔아서 이익을 남기고 돈을 갚았다. 그 회수율이 98%라니 놀라운 기록이다. 기대를 넘는 성과 덕에 EWB는 2014년 유네스코 세종대왕 문해상도 수상했다.

이런 성과 때문일까. 2016년 54% 국민의 지지를 얻고 취임한 부르키나파소 카보레 대통령과의 만남의 자리가 있다는 이야기를 들었다. 27년간 이어진 장기독재에 대항하는 시민혁명, 그리고 민주화에 성공한 이 나라의 새 대통령이다. 대한민국의 경험을 토대로 경제를 건설하고 교육과 보건시설을 새롭게 만들겠다는 국정목표를 내세운 바 있다. 이름도 생소한 부르키나파소 정치 민주화 성공의 역사 속에 대한민국 NGO의 이름을 굵은 글씨로 남길 수 있다는 생각에 가슴이 설레었다.

부르키나파소 카보레 대통령 면담의 스케줄을 이리 당기고 저리 당기고 결국 7월 라마단 기간이 끝나는 날로 정했는데, 여기에 또 문제가 생겼다. 카보레 대통령이 지금 미국에 가 계시니 정확한 날을 약속하기 어렵다는 답신이다. 우리는 방학이 아니면 움직이기 어려운 사람들이라 스케줄을 어떻게 잡아야 할지. 모르긴 몰라도 백악관 스케줄에 따라 우리의 출발 날이 달라질 것이 분명하다. 혼자서 커다란 지도를 그리고 오만한 상상에 빠졌다.

올 여름 나의 스케줄은 부르키나파소 대통령이 언제 귀국하는가에 따라, 아니 미합중국 대통령 버락 오바마의 스케줄에 따라 달라질 수 있다는 건방진 생각을 하면서 나의 오지랖이 국경을 넘어 저 멀리 날아가고 있다는 생각에 우쭐해지기도 했다. 그리고 딸아이가 "엄마 아프리카는 언제 가?"라는 질문에 "오바마의 스케줄에 따라서…"라고 아주 거만하게 답을 한다. 이렇게 나의 날개는 태평양을 지나 대서양을 지나 멀리멀리 날아갈 준비를 하면서 살짝살짝 움직이고 있다. 두 아이가 나의 품을 떠나 자신의 길을 찾아가는 이 시간, 나는 또 하나의 나의 삶을 준비한다.

여기는 로메 공항

아프리카에서

아프리카의 서쪽 부르키나파소에서 출발한 비행기가 다섯 시간 만에 착륙했다. 파리는 추울 것이라고 준비한 코트를 의자 밑에서 꺼냈다. 그런데 춥지가 않다. 불어로 몇 마디의 안내방송이 있고, 아무런 움직임이 없다. 이상하다. 아무도 움직이지 않는다. 한참 후에 다시 방송이 있고, 사람들이 주섬주섬 짐을 챙기고 일어섰다. 무슨 일이냐고 옆 사람에게 물어보지만 서로 서툰 영어라 갈팡질팡한다. 칠흑같이 어두운 밤, 스텝카를 밟고 내려오는데 뜨거운 밤바람이 느껴지고 다리가 후들후들 떨렸다. 파리의 겨울이 아니다. 뭔가 잘못되어도 크게 잘못 된 것 같다.

"교육을 통한 빈곤퇴치" 이런 거창한 슬로건을 가지고 아프리카를 찾아다닌 지 3년이 되었다. 내 새끼 챙긴다고 귀도 눈도 닫고 살다가, 막내를 대학에 보내고 나도 세상을 위해서 뭔가 할 수 있는 일이 있을 거라는 생각에 쫓아다녔다. 거금을 투자해서 학교를 짓는다거나 현장에서 직접 벽돌을 나르는 일은 할 수 없지만, 대한민국의 두툼한 배짱을 가진 사람의 역할 또한 분명 필요하다.

아프리카의 아무리 가난하고 어려운 나라라고 해도 행정기관이 있고, 질서와 규칙이 있다. 작은 건물 하나 짓기 위해서 족장으로부터 땅을 받았다고 해도 각종 행정기관을 찾아 등기를 내야 하고, 전기를 끌어와야 하는 숱한 일들이 꼬리에 꼬리를 물고 기다린다. 젊은 사람들이 일을 잘 할 수 있도록 뒤에서 시스템을 만드는 것은 역시 굵은 팔뚝의 이 사람이 할 수 있는 일이라고 스스로 자부하면서 따라다녔다. 고위층을 만나 떼를 쓰기도 하고, 한복을 입고 미인계로 밀어보기도 했다.

이래도 한세상 저래도 한세상

일이 어려운 것은 그 일의 본질에 있는 것이 아니다. 어떤 일이건 사람의 만남과 만남에서 이루어지는 고로 그것이 어려움이다. 마음고생도 적지 않았다. 같이 잘 해보자고 우리나라의 훌륭한 청년을 아프리카에 보내 일을 시켰더니 더 좋은 직장 구했다면서 떠나는 이가 있지 않나, 외롭고 힘들다면서 도망가는 이가 있지 않나, 충분히 이해는 되지만 젊은 사람들에 대한 섭섭함은 이루 말할 수 없었다.

우리는 실컷 도와준다고 다가가지만 에어컨 빵빵한 방에서 거들먹거리는 기관장들을 만나면 미친 짓한다는 생각에 뒤도 돌아보기 싫을 때도 있었다. 교육입양한 아프리카의 아들놈이 의대에 합격했다면서 "컴퓨터 사주세요"라고 당당하게 요구했을 때는 기특하다고 해야 할지 뻔뻔하다고 해야 할지.

그래도 이것을 능가하는 기쁨이 있으니, 나는 다시 찾지 않을 수 없었다. 튼실한 머슴아들이 다 떠난 자리 홀로 남아 프로젝트를 끝까지 수행하는 야무진 여학생이 있었고, 살아있는 닭을 한 마리 쥐어주면서 감사를 표하는 농부가 있었다. 이번에도 숙소의 청소부에게 내가 신던 슬리퍼를 주었더니 그 다음날 아프리카산 슬리퍼를 하나 사와 내 방 앞에 두고 갔다. 그녀에게는 엄청 비싼 물건이었을 것인데 말이다. 이렇게 만남에는 항상 감사가 따랐다.

귀국길, 파리를 거쳐 귀국하는데 비행기는 기상이상을 이유로 이웃나라 어딘가에 내렸다. 공항은 아수라장이었다. 비자를 위한 서류를 작성하면서, 비로소 여기가 토고의 로메 공항이라는 사실을 알았다. 공항 벤치에서 몇 시간을 보냈는지 모른다. 새벽 2시 어둠 속에서 공항 부근 호텔로 안내되었고, 커다란 열쇠를 하나 받았다.

국제미아가 되고도 무서움 보다는 피곤함이 더하니, 참으로 다행이다. 그리 좋은 방은 아니었지만 더운 물이 펑펑 쏟아지니 이 얼마나 행복한지 모르겠다. 방울방울 떨어지는 물에 고양이 세수나 한 나는 욕조에 물을 받아 호사를 누렸다. 내일이면 비행기는 뜨겠지. 그래 즐길 수 있을 만큼 즐기자. 이래도 한세상 저래도 한세상.

공지영 작가에게 봉순이 언니가 있다면
나에게는 순이 언니가 있다

순이 언니

고속버스터미널에서 어떤 이가 다가왔다. 나를 알아보는 것 같지는 않고, 백발노인 우리 엄마 앞으로 와서 "큰언니"라고 불렀다. 이게 누굴까. 갑자기 눈이 빨갛게 변하고 눈물이 뚝뚝 떨어진다. 작은 키에 쭉 찢어진 눈, 유난히 앞으로 툭 튀어나온 이를 보니 내 기억 속에도 있는 바로 그 사람이다.

어렸을 적 나는 외갓집에서 자랐다. 외갓집 마당에는 커다란 감나무가 있었다. 그래서 나는 '감나무 집 손녀'였다. 엄마가 출근하고 이모도 삼촌도 학교에 가고 없는 무료한 긴 한나절 나는 감나무 밑에 쭈그리고 앉아 흙으로 밥을 짓고 혼자서 냠냠하면서 시간을 보냈다. 이 기억 속에 살짝살짝 등장하는 한 사람이 있는데 그가 바로 이 사람이다.

공지영 작가의 어린 시절 봉순이 언니가 있었던 것처럼 나의 어린 시절에는 순이 언니가 있었다. 알록달록 월남치마를 질질 끌고 수돗가니 부엌이니 장독대를 오가면서 일을 했다. 쫓아가 치맛자락을 잡고 놀아달라고 해도 어찌나 도도했는지, 나는 순이 언니가 대단히 큰 어른이라고 생각했다. 그런데 지금 계산해보니 나보다 다섯 살 정도 많은 초등학교 4~5학년 정도의 어린아이였다.

감나무 밑에 소복이 감꽃이 떨어지는 날에는 언니가 실타래를 가지고 와서 목걸이를 만들었다. 내 기억속의 감꽃은 옅은 노란색의 작은 왕관 모양이었는데 그 고리 사이로 실을 꿰는 일은 어렵지 않았다. 그래도 언니가 만들어주는 목걸이가 훨씬 예뻤다. 목걸이만이 아니라 화관도 만들고 팔찌도 반지도 만들어서 뽐냈다.

내가 초등학교에 입학하면서 우리 가족은 분가를 했다. 순이 언니도 따라왔다. 나랑 언니가 같은 방을 쓰면서 밤마다 무서운 이야기며 웃기는 이야기를 하느라 잠을 설쳤다. 글을 몰라 숙제를 챙겨주지는 못했지만, 일본에서 아버지가 사다준 빨간 란도셀에 연필을 깎아 넣어주는 일은 순이 언니 몫이었다. 추운 날이었다. 언니의 손등이 갈라지고 피가 났다. 엄마는 바셀린을 듬뿍 바르고 이불에 묻지 않게 손을 들고 자라고 했다. 나는 그것도 부러워서 마치 벌을 서듯이 손을 번쩍 들고 이불에 들어갔다.

그 다음해 여름, 온 가족이 시골 친척 댁에 다녀왔는데 순이 언니가 보이지 않았다. 언니의 옷도 가방도 아끼던 신발도 없어졌다. 동네 사람들이 모여 한마디씩 거들었다. 그들의 말을 종합해보면, 보다 나은 일자리를 찾아서 서울로 도망친 것이다. 아랫방 할머니는 혀를 쯧쯧 차면서 불쌍한 인생이라고 안타까워했다. 술집에서 몸이나 안 팔았으면 좋겠다는 말도 덧붙였다. 서울에는 부잣집도 많으니 식모살이를 해도 거기가 더 낳을 것이고, 버스 차장 일도 할 수 있을 것이며, 공장에서 일하다 손재주 있는 남자 만나면 더할 나위 없다면서 자신들의 이야기인양 떠들면서 안도하기도 했다.

40년이 지나고…
·····················

40년 전의 일이다. 그리고 기억에조차 없는 사람이 되었다. 게다가 우리 가족은 일본으로 이사를 했고, 엄마는 아직도 일본에 살고 있으니 더 더욱 만나기도 어려운 공간에 있었다. 그런 사람을 지금 만난 것이다. 터미널 휴게소 차가운 벤치에서 순이 언니는 지난 긴 시간을 풀어놓았다.

시작은 이랬다. 아랫방 할머니의 소개로 서울에서 식모살이를 했다고 한다. 혀를 쯧쯧 차면서 안타까워했던 그 할머니가 언니의 도망을 도운 주범이었다. 그런데 매질을 일삼는 주인 아주머니 때문에 오래 있지 못하고 도망쳤고, 이집 저집 옮겨 다니다가 결국 구로동 공장에 취직을 했단다. 미싱을 만졌는데 숨은 재능이 발굴되어 솜씨 좋다는 소리를 들으면서 인기가 많았다고 자랑한다. 감꽃에 실을 꿰어 목걸이를 만들던 그 솜씨가 구로동에서도 인정받는 솜씨였던 것이다.

알뜰하게 모아 통장도 만들고 지금의 남편을 만난 곳도 거기란다. 리어커에 냄비니 수세미를 실고 다니면서 장사하는 사람이었는데, 지금도 이 일을 계속하고 있으며 대구에 작은 아파트도 하나 마련해서 살만하다면서 크게 웃었다. 리어커가 지금은 용달차로 바꿨다는 말도 잊지 않았다. 국립대를 졸업한 아들이 고시 공부하다가 포기하고 증권회사에 다닌다는 말을 시작하면서부터는 목소리가 커졌다. 여간 자랑스럽지 않은 모양이다.

대구행 버스가 출발한다기에 급하게 전화번호만 나누고 헤어졌다. 이후 언니랑 간혹 통화를 한다. 매번 아들자랑이다. 이번에는 우리 꼭 만나야 한다는 내용의 전화가 왔다. 아들이 월급을 모아서 그 못난 앞니를 교정해주었다는 거다. 평생 동경했던 합죽한 입을 가지게 되었으니 만나서 보여주고 싶다고 했다. 신랑이 '큰언니'한테 밥을 산다니 엄마 모시고 꼭 대구에 오라고 막무가내 조른다. 목소리에서 행복한 사람만이 가질 수 있는 자신감이 느껴졌다. 커다란 행복은 지난날의 슬픔을 잊게 하는 마법인 것 같다.

우리나라 좋은 나라

40년 세월 대한민국은 노력하는 자에게 기회를 주는 그런 나라였다. 나도 일본에서 험하고 어려운 시절을 보냈다고는 하지만 그래도 식모살이는 하지 않았고 공장에서 미싱을 만지지도 않왔다. 우리나라에 있었던 이모들도 마찬가지다. 누구에게 매를 맞는 일 없이 따뜻한 밥을 먹고 학교에서 글을 배웠다. 순이 언니와는 다르게 살았다면 참 많이 다르게 살았다. 그런데 지금이 순간 펼쳐 보이는 보자기 속 간직하고 있는 것들에는 별반 다를 것이 없다. 자식 잘 키워서 대학 보내고 내 집에 다리 뻗고 산다는데 무엇이 다를까. 진짜인지 가까인지 모르나 나도 없는 커다란 알반지를 가졌고, 들고 있는 핸드백도 내 꺼보다 크고 멋지다.

서른이 넘어도 취직이 안 된 사촌이 있고, 아예 대학을 포기한 동생도 있다. 아직 집을 마련하지 못한 이모도 있다. 무엇보다 주변을 아무리 봐도 돈 모아 지 어미 이빨 고쳐주는 놈 어디 하나 없다. 젊은 놈들은 마침 유행이라도 하듯 교정틀 하나씩 끼고 있으면서 어미의 이가 썩고 있는지 빠졌는지 관심을 가지는 놈 역시 없다. 멀리 볼 필요도 없다. 나 역시 우리 엄마 입속에 어떤 일이 벌어지고 있는지 모른다. 그러니 순이 언니가 아들 자랑할 만하다.

우리 세대는 다르게 살았다. 언니가 걸어온 그 험한 길을 나는 상상도 하지 못한다. 그러나 우리의 다음 세대는 또 다른 질서

속에서 공평한 삶을 영위하고 있다. 이것이 우리나라의 힘이다.

우리나라 참 좋은 나라다.

만남

만남에는 여러 가지가 있다. 생각지도 못한 가벼운 만남이 큰 의미로 다가올 수도 있고, 천년만년 함께할 것 같은 요란한 만남이 소홀해지는 경우도 있다. 오늘 내가 만난 이 사람은 훗날 어떻게 기억될지 궁금하다.

나직한 향을 자랑하는 난 하나

한해를 마감하는 추운 겨울날, 나는 졸업하고 20년 만에 처음으로 사학과 동문회에 나갔다. 매년 초대장을 받았지만 내가 참석하지 않은 까닭은, 솔직히 내가 뭘 하고 사는지 설명하기가 어려웠기 때문이다. 반짝이는 명함을 내미는 선후배들 앞에서 나는 한없이 초라해질 것이 뻔했다. 학위논문을 제출한 지금, 이제는 사람들과 만나면서 살아야겠다고 생각했다. 이것으로 나의 20년을 설명할 수는 없었고 이것만을 위해서 살아오지도 않았지만 그래도 이제는 나를 표현하고 싶었고 축하받고 싶었다. 그 첫나들이인 셈이다.

크리스마스 장식의 화려한 불빛 아래에서 명함을 나누어가지고 서로의 근황을 물었다. 내놓을 수 있는 명함이 없는 나는, 역시 지금 내가 뭐하고 사는지 설명하기는 어려웠고 슬며시 주눅도 들었지만 열심히 표정관리를 하면서 "잘 살고 있다"고 말했다.

이날 행사의 하이라이트는 '자랑스러운 사학인'으로 선정된 세분을 축하하는 일이었다. 초대장에서 그분들의 성함을 보기는 했지만, 나에게는 까마득한 선배이자 너무나 훌륭하신 분들이라 관심을 가지지 못했다. 세분 중 한분이 여자 선배였다. 우연히 같은 테이블에 앉게 되면서 몇 마디 나누었고, 귀가길 방향이 같다는 이유로 내가 모시게 되었다.

선배님만 내 차를 탄 것이 아니라, '축하합니다'는 리본을 단 많은 꽃다발과 화분도 함께했다. 트렁크 문을 제대로 닫지는 못했지만 그래도 몇 개의 화분을 동료들에게 나누고 다 실었다. 난향으로 가득한 차안에서 선배님과 둘만의 공간을 가진 나는 애 키우고 살림 살면서 어렵게 논문을 마쳤다고 엄살을 부렸다. 그리고 나도 뭔가 사회에 도움이 되는 일을 찾고 싶다고 했다. 어려운 시절에 여자로서 엄마로서 훌륭한 사회인으로 성공한 선배님께서는 다 이해한다고 했고, 분명 좋은 일을 할 기회가 있을 것이라고 격려해주었다. 나는 그 말에 얼마나 큰 위안을 받았는지 모른다.

집 앞까지 모셔다드리고 꽃다발과 화분들을 조심스럽게 내렸다. 헤어지는 순간 선배님께서는 나에게도 작은 화분을 하나 주었다. 화분에는 "축하합니다! —남동순"이라는 리본이 달려있었다. 이 화분을 보내신 분이 유관순 열사와 같은 연배의 어른이라는 설명을 자세히 했다. 그리고 다시 한 번 좋은 일이 분명 있을 것이라는 말도 잊지 않았다. 좋은 기운이 가득 담긴 화분이 분명하다. 나직한 향을 자랑하는 난 하나에 싱글벙글 기분이 좋아졌다. 마치 내가 축하받은 양 거실에 두었다. 몇 달이 지나자 난은 시들었고, 빈 화분은 베란다 한구석에 내놓았다.

대한의 예쁜 딸

2010년 4월초 봄기운이 막 돌기 시작하는 날, "유관순 열사 친구 남동순 할머니 별세"라는 기사를 보았다. 유관순 열사의 소꿉친구이며 독립운동가로 서대문 형무소에서 옥고를 치렀다는 사실을 신문지상을 통해서 알았다. 3·1운동 직후 해공 신익희 선생이 결성한 독립운동단체 '7인 결사대'에 유일한 여성 대원으로 참가해 만주와 연해주의 독립군에 군자금을 전달하는 등의 독립운동을 했다는 사실도 접했다. 남동순 할머니, 한 번도 뵙지 못했지만 나와는 묘한 인연이 있어서, 그 기사가 담긴 신문을 한참 들고 있었다.

3·1여성동지회는 3·1운동에 직접 참여했던 여성독립운동가가 중심이 되어 1967년에 창립한 단체이다. "일제의 잔악한 총칼 앞에 나라와 겨레를 위해 목숨을 바칠 수 있었던 그 숭고한 이념은 밝아 오는 새 역사창조의 모든 책임을 믿어 의심치 않는다"는 설립 취지문의 한 구절을 접했을 때, 가슴 깊은 곳에서 말할 수 없는 뭔가가 움직이고 있다는 느낌을 받았다.

나는 대한민국의 딸로 태어나 '지금 이 시대'를 살아가고 있다.

"대한독립 만세"를 외쳐야만 했던 그 모진 역사 속에서 살아온 유관순 열사, 남동순 할머니 역시 대한의 예쁜 딸들이다. 이제 그들은 나에게 역사 속 인물이 아니라 손을 뻗으면 닿을 수 있는 사람으로 다가왔다.

1919년 3월 1일은 멀고 먼 옛 시간이 아니라 손을 뻗으면 닿을 수 있는 사람들이 숨 쉬고 살았던 시간임을, 그리고 그 시간의 의미가 지금도 이어지고 있다는 사실을 확인한다. "축하합니다! ─ 남동순"이라고 적힌 리본을 지금도 가지고 있다.

많은 시간이 지났다. 나는 사회를 향해서 조금씩 나아가기 시작했고, 조금이라도 좋은 일이 생기면 그 빛바랜 리본을 바라보는 버릇이 생겼다. 나는 오늘도 독립운동을 외치던 그 시대의 사람들을 가까이에서 느끼고 있다.

무사시노를 걷다

친구가 오다

방학이면 나는 도쿄를 찾았고, 나를 보고자 하는 친구가 있으면 내가 안내하는 도쿄는 뻔했다. 시부야에서 쇼핑을 하고, 신주쿠 고층빌딩에서 야경을 즐겼다. 아사쿠사도 빼놓지 않았다. 사찰과 신사가 한자리에 있으며, 인사동 버금가는 가게들이 즐비하고 기모노를 입은 외국인들이 어깨를 스치며 다니는 모습에 일본 전통을 운운하면서 잘난 척하기 딱 좋은 곳이었다. 조금 더 여유가 있을 때는 우에노 공원을 걸었다. 덥거나 추울 때는 미술관으로 들어가 교양이 넘치는 여인을 연출하면서 앉을 자리를 기웃댔다.

친구가 온단다. 딱히 나를 보러 오는 건 아니지만 나랑 주말을 보낼 수 있을 거 같아서 설레었다. 같이 있어도 무겁지 않고 멀리 있어도 소홀하지 않는 사람이다. 조용한 삶을 좋아한다고 하지만 어떤 모임에서도 항상 중심에 있고, 그 가슴에는 주변을 다 녹일 그런 따뜻함이 있는 소중한 사람이다. 이 친구와 함께할 수 있는 허락된 시간을 이리 쪼개고 저리 쪼개고 이렇게 잇고 저렇게 이으면서 호작질을 하는데 욕심이 과하면 무엇 하나 얻을 수 없는 것을 잘 아는 나이인지라 과감하게 모든 것을 지우고 딱 한 곳을 선택했다. 그것이 '무사시노'다.

딸아이가 무사시노에 있는 대학을 다닌다. 합격 통지서를 받고 처음 찾아가는 날, 도쿄 어디쯤에 있는지 지도에서 찾는데도 시간이 걸렸다. 도쿄도 다음에 'ㅇㅇ구'로 이어지는 게 아니라 '△△시'라는 이상한 주소를 가진 이곳은 도쿄의 중심 신주쿠에서 전차로 1시간을 달리고, 내려서도 주야장천 걸어야 하는 그런 곳이었다.

큰 눈이 내린 다음날이었다. 딸아이와 나는 깃발을 든 역장이 호루라기를 부는 그런 그림을 가진 작은 역에 내려서 학교까지 걷기 시작했다. 역에서 학교까지는 좁은 상수도변 길이 이어졌다. 눈 속으로 다리가 푹푹 빠졌고, 얼음이 깔린 곳에서는 미끄러졌다. 툭 부딪힌 나무에서 눈덩이가 한바구니 떨어져 눈사람이 되기도 했다. '수험생'이라는 그 무거운 단어를 가진 긴 터널을 통과해서 날개를 단 자에게 뭔들 즐겁지 않겠는가. 이래도 깔깔 저래도 깔깔거리며, 한참을 걸어서 학교에 도착했다. 두꺼운 코트 안에서는 땀이 촉촉하고 불쾌하지만은 않은 사람냄새가 폴폴했다.

구니키다 돗보의 〈무사시노〉

나와 무사시노의 만남은 이것이 처음이다. 아니 직접 발을 디딘 것이 처음이라는 말이고, 사실 나는 구니키다 돗보(國木田獨步, 1871~1908)의 길지 않은 산문 〈무사시노〉(1898년)를 통해서 무사시노를 알고 있었다. '돗보; 홀로 걷다', 그 필명부터 씩씩하지 않는가. 일본 근대문학에서 자연주의의 선구자이며, 일본에서 처음으로 풍경을 그대로 묘사해서 내면, 이른바 근대적 자아의 발견을 한 작가로 평가를 받고 있다. 우리나라 근대 작가들도 적지 않게 그를 알고 있었다. 시인 김억은 그의 간결한 작품이 마음을 끈다고 했고, 최서해는 돗보의 단편집을 애독했었다. 이광수는 잡지 〈삼천리〉 기자와의 대담 중, 애독하는 작품으로 톨스토이와 푸시킨의 러시아 작품들을 열거한 다음 "일본 작품 중에는 소세키와 돗보의 작품인데, 돗보의 예술만은 늘 보고 싶은 것이다"라고 했단다.

"무사시노를 산책하는 사람은 길을 헤매는 것을 걱정해서는 안된다. 어디에서나 발길 닿는 대로 가면 반드시 거기에는 보고 듣고 느낄 수 있는 수확물이 있다"로 글이 시작된다. 그리고 나는 다음 글에서 잠시 눈을 멈춘다.

"만약 자네가 길을 묻고 싶거든 밭에서 일하는 농부에게 물어라. 농부가 마흔 살 이상의 사람이라면 큰소리로 물어라. 놀라서 이쪽을 보고 큰소리로 대답해 줄 것이다. 만약 어린 처자라면 다가가서 살포시 물어라. 젊은 남자라면 모자를 벗고 예를 다해서 물어라. 의젓하게 대답해줄 것이다. 화를 내서는 안 된다. 이것이 도쿄 근방에 사는 젊은이의 관습이다. 알려준 길을 가다보면 길은 다시 두 갈래로 나뉜다. 알려준 쪽 길이 너무 좁아서 이상하다고 생각되어도 그대로 가라. 갑자기 농가의 마당이 나올 것이다. 역시 이상하다고 놀라서는 안 된다. 그때

농가에서 물어라. 문을 나가면 바로 큰길이라고 퉁명하게 대답할 것이다. 농가의 문밖으로 나와 보면, 이것은 본 적이 있는 길이다. '그래 이게 지름길이었구나!'하고 자네는 미소를 띠고. 그리고 비로소 가르쳐 준 길의 고마움을 알 것이다."

〈무사시노〉에는 풍경만 그려져 있지 않다. 사람이 존재한다. 그렇다고 풍경이 사람들의 무대에 불과한 것 또한 아니다. "밭 있는 곳에 반드시 사람이 살고, 사람이 사는 곳에 반드시 연애가 있다"는 그의 〈병상록〉 한 구절이 기억난다. 연애=사랑, 사랑이라면 희로애락이라는 말이 아니겠는가. 콩딱콩딱 설렘도 이별도 아픔도 다 녹아있다.

천 년 전 여자의 울음

돗보는 첫 부인 노부코와 헤어지고 무사시노에서 시간을 보냈다고 한다. 노부코는 전근대적 남성 중심의 윤리에서 벗어나 자신의 삶을 찾는 근대적 여성으로, 돗보의 작품 속 여기저기에서 그녀의 흔적을 찾을 수 있다. 〈무사시노〉에는 여인의 향이 어디 하나 없는데, 나는 왜 자꾸 노부코를 부르고 사랑을 이야기 하고 싶어 할까. "원래 내가 좀 그런 사람이야"라고 말하기 쑥스러우니 천 년 전 헤이안의 호색을 공부하는 사람이라서 그렇다고 그럴 싸하게 포장한다.

"무사시노 들녘을 오늘은 태우지 마시오. 푸릇푸릇한 젊은 남자
　도 나도 숨어 있으니."

이 시가를 담은 〈이세모노가타리〉는 일본 헤이안 시대(794~1192) 의 대표적 작품이다. 자유분방한 생명력을 지닌 남자의 이야기가 125개 이어지는데, 위의 시가는 그 하나에 등장한다.

옛날에 한 남자가 남의 귀한 집 딸을 훔쳐서 무사시노 들녘으로 데리고 가자 이를 잡으려 사람들이 쫓아온다. 급기야 남자는 여 자를 풀숲에 숨기고 혼자서 도망을 간다. 들녘을 헤매던 사람들 이 "도둑을 잡아야한다"면서 소리치고 불을 놓으려 하니, 여자가 울면서 읊은 시가이다.

나는 이 이야기를 읽으면서, 사람의 키보다 더 큰 풀이 자라는 들 녘에 홀로 남겨진 여자의 울음이 천년하고도 더 오랜 시간을 초 월해서 두려움보다는 기다림으로 들렸다. 이 정도는 되야 무사

시노의 사랑이라고 할 수 있지 않겠는가. 도읍지 교토에서 멀리 떨어진 동쪽 나라 무사시노는, 귀족 중심의 화려한 헤이안 시대의 가치관에서는 소외되는 곳이었지만 그래서 더 풋풋하게 살아 있는 그림을 그릴 수 있는 배경이기도 했다.

무사시노가 어디에서 어디까지를 지칭하는지 명확하지는 않지만 대강 도쿄의 서쪽 대학가를 생각한다. 이와이 슌지 감독의 '4월 이야기'는 무사시노의 따뜻함 그리고 한적함을 잘 담고 있다.

여하튼 나는 소중한 친구의 도쿄 방문을 환영하고, 함께 무사시노를 걸었다. 말없이 걸어도 심심하지 않는 사람이라서 해가 땅에 뚝 떨어질 때까지 걷고 또 걸었다. 꼭 그날 걸음 때문만은 아니지만 엄지발톱이 하나 빠졌다. 지금 반쯤 올라온 발톱을 만지작거리면서 무사시노를 기억한다. "죽는 그 순간 살아온 시간이 파노라마처럼 펼쳐진다는데, 오늘의 그림이 크게 남을 것 같다"는 말을 큰 선물로 받았다.

할아버지 시계

탐이 났다. 가격부터 물었다. 150유로란다. 주머니를 뒤지고, 운동화 밑창에 깐 100유로 한 장을 꺼냈다. 가파른 언덕 위의 포르투 대성당을 다녀온 지라 지폐에서는 '콤콤한' 발 냄새가 느껴졌지만 이런 건 상관할 바가 아니었다. 여기는 100년 전, 200년 전 물건들이 뜨거운 태양 아래 나열되어 "나 살아있다"고 외치는 벼룩시장이 아닌가. 그러니 '쿰쿰한' 냄새가 한가득 잠겨있는 거리다.

오르막 내리막이 급한 좁다란 골목, 땅보다는 하늘이 더 가깝게 느껴지는 길들을 꼬불꼬불 걷다가 다다른 모퉁이. 여행자의 너 덜너덜한 지도에는 보이지 않는 작은 공간에 어느 집 거실을 하 나 옮겨놓은 듯한 물건들이 빼곡히 나그네의 발길을 멈추게 했 다. 어디서부터 뒤져야할지 가슴이 뛰고 흥분되었다. 이건 알함 브라궁을 모델로 했다는 볼사궁전 앞에서도, 고딕양식의 위엄이 넘쳐나는 상 프란시스투 성당 앞에서도 느끼지 못한 나의 작은 기쁨이었다.

할아버지의 낡은 시계

나를 유혹한 물건은, 양 갈래 머리 땋아 학교 다닐 때 불렀던 '할 아버지의 낡은 시계'의 그 시계다. "90년 전에 할아버지 태어나 던 날 아침에 받은 시계란다." "90년 동안 쉬지 않고 똑딱 똑딱" 우리나라 친구들도 이런 가사의 노래를 불러본 적이 있을 것이 다. 나는 일본에서 중고등학교를 다녔는데, 일본친구들이 참 많 이 좋아하는 노래다. 학교 합창대회 때는 빠지지 않는 곡이었 다. 누구나 흥얼거리는, 누구나 알고 있는 멜로디에 심오한 가사 는 한해 한해 다르게 변하는 성장기의 마음에 차곡차곡 색을 달 리 하면서 담겨졌다. 1876년 헨리 클레이 워크가 발표한 미국의 대중가요이며, 발표 당시 악보가 100만부 넘게 팔렸다는 사실을 안 것은 최근의 일이다.

비록 가사는 지금의 내용이 아니지만 일본은 1940년 이 멜로디의 곡을 선보였다. 레코드 판매 기록을 보니 적지 않은 관심을 받았던 것 같다. 그리고 1962년 NHK '모두의 노래(みんなのうた)'에서 '할아버지의 낡은 시계'라는 곡명으로 소개되었다. '모두의 노래'는 단 5분의 방영시간에 2곡 정도 소개하는 작은 프로그램인데, 1961년부터 시작된 NHK 장수 프로그램의 하나로 그 영향력은 적지 않다. 동요와 외국 민요만이 아니라 이 프로그램을 위한 오리지널 곡도 있다. 여하튼 여기서 소개된 곡들은 시청자들의 관심을 받으며, 학교의 합창대회 등 행사장에서 채택되는 일이 많았다. 여기서 발표된 곡 중에는 100만장을 돌파한 히트곡도 있다.

여하튼 이렇게 소개된 '할아버지의 시계'는 일본사람이라면 누구나 알고 사랑하는 노래가 되었다. 아이들의 노래라고만 알고 있었는데, 2002년에는 히라이 켄(平井堅)이 이 곡을 노래해서 크게 인기를 얻었으며, 그해 12월 31일 최고의 가수들을 선발해서 남녀 대항을 하는 NHK 홍백가합전(紅白歌合戰)에서도 이 곡을 노래했다. 2003년에는 일본고등학교야구대회 개회식 입장행진곡으로도 선정되었다. 사실 이 노래는 할아버지의 죽음을 통해서 생과 사를 생각하는 이야기를 담고 있다 보니 그림책으로도 애니메이션으로도 잔잔한 감동으로 다가왔다.

"길고 커다란 마루 위 시계는 우리 할아버지 시계"라고 시작하는 가사의 원본은 "할아버지의 시계는 벽에 걸기엔 너무나 커서 90년 동안이나 마루에 세워 놓았어요. 그 시계는 할아버지 키의 반도 넘었지요"라는 사실을 영어책에서 확인한 기억이 있다. 그러니 벼룩시장에서 나를 유혹한 시계는 할아버지 시계라고는 할 수 없는 수준의 시계였다. 높이 80센티미터의 상당한 크기이지만 벽에 걸 수 있는 것이니 말이다.

그래도 이게 어딘가. 18세기 독일에서 만든 것이라는 말에 귀를 쫑긋 세우고 만지작만지작하면서 학창시절 그림으로만 기억했던 물건을 감히 가질 수 있다는 생각에 "내 인생 성공했다" 이런 거창한 말까지 떠올리면서 신났다. 외롭고 힘들었던 어린 시절을 보상받는 그런 느낌마저 받았으니 생각의 날개는 멀리멀리 어디까지 날아갈지 모르는 포르투의 오후였다.

'글로벌'이라는 단어를 어떻게 설명해야할지 모르나, '할아버지의 낡은 시계'는 글로벌이다. 18세기 독일, 19세기 미국의 대중가요, 이 노래를 동요라면서 부르고 성장한 일본 아이들, 그 리듬을 따라서 흥얼거리는 우리나라 아이들. "할아버지의 커다란 시계는 무엇이든지 알고 있지", "90년 동안 쉬지 않고 똑딱 똑딱 할아버지와 함께 똑딱 똑딱" 설사 지금은 멈추었다고 해도 '할아버지의 시계'는 지구 어디에서 한 가닥 기억으로 이어질 수 있으니, 나는 이것을 글로벌이라고 말하고 싶다.

포르투의 벼룩시장

그나저나 정신을 차리고 보니 이건 보통 일이 아니었다. 이렇게 큰 물건을 어떻게 가지고 가야하나. 대한민국 아줌마 못할 일이 없으니 이고 지고 오면 되겠는데, 이번 여정이 아프리카를 들러야 하는 고로 녹록한 일이 아니었다. 포르투에서 파리, 파리에서 와가두구, 다시 파리에서 서울로 이어지는 긴 여행길에 이 물건을 들고 다닌다는 것은 미친 짓이다. 그래도 나는 할 수 있을 자신이 있었지만 동행이 있으니 차마 고집할 수 없었다. 또 다시 만지작만지작 돈은 있지만 선뜻 사겠다는 말을 못하고, 되지도 않은 영어로 "18세기 독일 어떤 집안의 물건이었을까요?" 난데

없는 질문을 하니 역시 영어가 서툰 주인장은 열심히 설명했다.

아쉽지만 포기하고 이 가게 저 가게 벼룩시장을 한 바퀴 돌고 오니, 아직도 나만 바라보고 있는 시계를 그냥 쉽게 물리칠 수 없었다. 가게 주인은 이런 나를 발견하고는 활짝 웃으면서 오라고 손짓했고, 스마트폰에서 이런저런 사진을 찾아서 보이고 "이렇게 튼튼하게 포장해서 보내줄 수 있다"는 말을 했다. 가격도 미리 알아본 모양이다. 서울까지 소포가 100유로란다. 그래 인생 뭐 있겠는가, 내 인생 이런 사치도 한번 부려보자는 마음으로 다시 운동화를 벗어서 100유로 한 장을 더 꺼냈다. 'South Korea'라고 꼼꼼하게 적은 주소를 남기고 개념 없이 쇼핑하는 어느 부잣집 망나니 딸 행세를 하면서 룰루랄라 그 자리를 떴다.

그 옛날 인사동에서

이런 '행위'를 내 평생 할 수 있을 것이라고는 생각지도 못했다. 나도 이런 짓을 하고 싶다는 '세포' 하나가 숨어있었는지도 모른다. 언제인가. 대학을 졸업하고 출판사에서 근무할 때의 일이다. 일본의 한 출판사의 임원진이 회사를 방문했고, 내가 통역을 맡았다. 편집과 인쇄에 관련된 일들을 주거니 받거니 하고 서울 나

들이를 하겠다는데, 나도 동행했다. 직장생활하면서 책상에서 벗어나 바깥을 나다니는 '허가받은 땡땡이'가 20대 처자에게 얼마나 즐거운 시간이었겠는가. 그때 인사동을 안내했고, 여기저기 전시장도 함께 했다.

인사동 굽어진 골목 안에서 스님이 '무(無)'라고만 적은 붓글을 전시하고 있었다. 특별했다면 '무'자의 밑을 장식하는 4개의 점(연화발)이 6개인 것도 10개인 것도 있었다. 당시 법정스님의 〈무소유〉에 매료되고 있던 시절이라 스님이 그린 점의 숫자만큼 '무'를 향한 갈망을 느끼곤 했었다.

젊은 임원이 선뜻 하나를 사겠다고 해서 참으로 당황했다. 액자의 크기가 내 키보다 더 컸던 것으로 기억한다. "어쩌하시려고?" 했지만, 옆의 분들도 말리지 않았고 일은 벌어졌다. 나는 인사동 골목을 지나는 용달차를 세워서 호텔까지 실어달라고 부탁했고, 나와 몇 명은 용달차 짐칸을 타고 한강을 건넜다. 이때만 해도 이런 무모한 일이 가능했던 시절이었나 보다. 다음날 다시 용달차로 공항으로 이동했고, 공항의 박스 포장하는 곳에서 꼼꼼히 처리해서 잘 가져갔다.

그는 출판사 대표의 아들이었고, 출판사 대표는 세계각지를 다니면서 이렇게 물건을 사모아서 박물관을 마련했다고 하니, 아들이 인사동에서 구입한 액자 하나는 큰일도 아니었던 것이다. 이런 경험도 한 나이니, 운송비로 100유로 정도 쓰는 것은 별일도 아니라고 룰루랄라 그 자리를 떴다.

키다리아저씨 등장

그런데 이게 웬일인가. 와가두구행 비행기를 기다리고 있는데, "죄송합니다. 제가 잘못 계산했습니다. 소포비용이 200유로인지라 시계를 보내드릴 수 없습니다. 귀하의 돈을 돌려드리고 싶으니 방법을 알려 주십시오"라는 내용의 글을 받았다.

무슨 오기가 생겼을까. "포기하지 않습니다. 귀하의 계좌를 알려 주십시오. 100유로 더 보내 드리겠습니다"라고 망설임 없이 답을 보냈다. 이 일을 어쩌나. 아프리카에서 포르투갈의 작은 어촌 포르투에 어떻게 송금할 수 있을까. 서울에 있는 친구들에게 도움을 청했다. "포르투에 지인이 있나요?"라는 황당한 글에 "너 드디어 사고쳤구나"면서 몇 개의 답글이 왔고, 그 '사고'가 다행히 병원과도 경찰과도 관계가 없다는 사실에 안도의 인사를 받았다.

참으로 나는 복도 많은 사람이다. 고맙게도 너무나 고맙게도 엉뚱한 이 사람의 '시계'를 위해서 "나한테 맡겨라"는 키다리아저씨가 등장했다. 내 일인 양 포르투의 주인과 SNS 친구를 맺고 산 넘고 강 넘어 100유로 송금이 이루어졌다. 그리고 2주후 아프리카에서 귀국하니, 집에는 커다란 소포가 하나 먼저 와있었다.

커다란 소포 앞에서 신발 끈도 채 풀기 전 키다리아저씨에게 연락을 했다. 커다란 소포라는 말에 그 시계가 '워치'가 아니라 '클락'이라는 사실에 놀라움을 감추지 못했다. 나는 열심히 나의 맹랑한 허영심을 변명하기 시작했다. 이 사건은 순간의 선택이 아니라 긴 역사가 있음을 말하고 싶었다.

부잣집으로 시집간 친구의 이름을 들먹이면서 그녀의 집에서 이런 시계를 본 적이 있다는 말로 이야기를 시작했다. 넓은 거실의 한 벽을 차지했고, 길게 늘어진 추는 이집의 여유로운 시간을 말하듯 천천히 움직이고 있었다.

이것을 보면서 나는 왜 양 한 마리가 떠올랐을까. 키다리아저씨에게 〈늑대와 일곱 마리의 아기 양〉을 아느냐고 물었다. 그림동화의 이야기다. 엄마 없는 집에 늑대가 찾아왔다. 밀가루로 하얗게 만든 늑대의 발을 보고 일곱 마리의 아기 양은 엄마가 왔다고 기뻐서 문을 여는데, 늑대에게 잡혀 먹히고 만다. 단 한 마리 시계 속으로 숨은 양만 살아남아서, 집으로 돌아온 엄마 양에게 이 사실을 알린다. 엄마 양은 늑대의 배를 가위로 갈라서 아기 양들을 구하고 돌을 가득 넣어서 꿰맸다는 이야기다.

그러니 나는 이 시계 속에 아기 양 인형 하나 구해서 넣어두고 싶다고 했다. 뭐 이런 황당한 이야기에, 그림형제는 18~19세기의 독일 사람이니 외과수술에 대한 개념이 있었던 거 같다는 이야기로 발전했다. 100유로 갚겠다고 하얀 봉투에 담고 나와서, 그보다 훨씬 비싼 술을 얻어먹고 양 한 마리 구하러 이번에는 동유럽 벼룩시장을 뒤질까, 서유럽을 벼룩시장을 뒤질까 취기로 얼굴이 빨갛게 물드는 시간이었다.

아직도 끝나지 않은 이야기

움직이지 않는 시계

사고를 쳤다. 거짓말 보태서 내 키만 한 시계를 유럽의 작은 벼룩시장에서 사들고 왔다. 일명 할아버지 시계다. 18세기 독일의 시계라는 말이 나의 허영심을 자극했다. 그런데 큰일이다. 시계를 상자에서 꺼내고 이거저거 장식품을 올리고 태엽을 감았는데 움직이지 않는다. 분명 째깍째깍 움직이고 15분마다 종이 울리는 것을 보고 사온 것인데, 추를 흔들면 그 힘에 잠시 움직였다가 멈추었다. 괘종시계가 고장 날 일이 뭐가 있을까, 이런 오만한 생각을 하면서 이것도 만지고 저것도 만지는데 도무지 반응이 없다.

행여나 하는 마음에 손에 닿으면 뭐라도 고치는 동생한테 연락을 했다. 좋은 장난감 하나 생겼다고 "나만 믿으라"면서 시계를 들고 갔다. 그런데 도통 소식이 없다. 마음 급한 나는 태엽을 다른 것으로 바꾸어 움직이게만 해달라고 부탁했건만 "누님, 무슨 소리를 하십니까. 엔틱은 엔틱으로서의 가치가 있는 법입니다"는데, 일일천추다.

한 달이 지나도 대답이 없다. 거실 한 벽에 못까지 박아서 걸어둘 자리를 마련했는데 말이다. 그림동화의 〈늑대와 일곱 마리의 아기 양〉을 기억하면서, 시계 안에 숨길 양 한 마리 어디서 구할까 생각하는데, 정작 시계는 아직도 수리중이니 참으로 안타깝다.

양 한 마리 숨을 자리

교회 바자회에서 드디어 찾았다. 아기 주먹만 한 양 인형 두 개가 나란히 놓여있는 것이 아닌가. 내 시계 안에 숨기기 딱 좋은 크기다. 하얀 털이 때가 묻어 꼬질꼬질했지만, 이 역시 재미다. 얼른 하나를 잡고는 얼마냐고 흥정을 했다. 5천원이라는 것을 깎고 깎아서 4천원에 샀다. 두 개를 다 가져가기를 원했지만 하나면 충분하다면서 달랑 들고 나왔다. 동화 속에서, 시계에 숨어 살아남은 양은 한 마리였기 때문이다.

그런데 몇 발자국 걷다보니 자꾸 뒤가 켕겼다. 남겨진 저 한 마리는 누가 데려갈까. 외로울까. 그래 외롭겠다. 동화 속 그 양도 혼자가 아니라 둘이었다면 덜 무서웠을 것이다. 별 희한한 생각을 하면서 걷다가 뒤를 돌아보니 작은 꼬마가 양을 만지고 있었다. 여긴 백화점이 아니다. 여기서 놓치면 어디서도 구할 수 없는 것임을 알기에 뛰어갔다. "아저씨, 이것 주세요." 아이의 손에 있는 양을 빼앗다시피 챙기고 5천원을 내놓았다. 깎지도 않았다.

"외롭지 말라, 외롭지 말라." 이런 말을 하면서 장바구니를 챙기는데 부자가 된 것 같은 기분은 무엇인지 모르겠다. 시계는 양 두 마리를 숨겨두기에 충분한 크기다.

심장이식

하도 보채니, "누님 방학이 되면 고쳐드릴 터이니, 잠시 그냥 걸어두십시오"라면서 움직이지 않는 시계를 들고 왔다. "그래 그래. 시계가 아니라 장식품이라고 생각하지 뭐"라면서 벽에 걸었다.

그가 집을 나서자마자, 나는 분해를 시작했다. 그리고 괘종시계의 눈금판과 시침 분침 바늘을 떼어서 동네 시계방으로 달려갔다. 누군가에게 들키면 큰일 날 거 같은 마음에 비밀스럽게 그리고 아주 공손하게 말했다. "기술자님! 이거 좀 움직이게 해주세요." 태엽장치를 뗀 자리에 전자시계용 기계를 달아달라고 부탁했다. 별난 손님이 싫지만은 않았는지, 재미있다는 얼굴을 하고 상자 속에서 쌀알만한 나사를 찾아가면서 뚝딱뚝딱 만지더니 시계바늘을 움직이게 만들었다. 드디어 살아서 움직이는 시계를 벽에 걸고 양 두 마리를 숨겼다. 물론 태엽장치는 상자에 담아 잘 보관해두었다.

남편은 거실 한 벽을 차지한 커다란 시계를 신기하다는 눈으로 보고 "고쳤네"란다. 엄청난 비밀을 간직한 사람인 양 미주알고주알 시계방에 다녀온 이야기를 하고, "심장이식 했으니 튼튼하겠네"라는 말에 우쭐해졌다. 째깍째깍 소리도 나지 않는 최신식이니 최첨단 기술과 예술의 만남 운운 생각나는 대로 입을 놀리면서 내가 한 짓이 훌륭했다는 사실을 설명했다. 마침 우리 집을 찾은 삼촌에게는 마치 영웅담을 하듯 시계가 움직이게 된 사실을 이야기하는 나도 웃기지만 그 반응 또한 우습다. "15분마다 한 번씩 종을 친다니, 기찻길 옆 오두막집처럼 늦둥이가 생기면 누가 보나 걱정했는데 다행이네." 백발노인이 아무 표정 없이 하는 말에 우리는 어떤 얼굴을 해야 할지 몰라 모두 입을 다물고 끽끽거렸다.

그래도 아직은 끝난 이야기가 아니다. 방학이면 동생이 다시 태엽장치를 달아야 한다면서 덤빌 것이다. 엔틱은 엔틱으로서의 격이 있어야 한다는 동생의 눈을 어찌 속일까 지금은 그 궁리만 한다. 여하튼 멀리 유럽에서 날아온 시계는 움직이고, 양들은 그 속에 숨었다. 예쁘다. 만족한다. 동력이야 뭔들 어쩌랴. 시계는 유럽의 작은 도시 포르투의 기억을 담고 꿈꿈한 냄새를 뿜고 있다. 아무리 훌륭한 물건이라고 한들 움직이지 않는 시계는 의미가 없다. 모두 제자리에서 제 역할을 할 때, 그것이 설사 격이 떨어진다고 해도 비로소 의미가 있는 일이 아닐까. 이렇게 합리화하면서 움직이는 시계바늘을 바라본다.

아직도 끝나지 않은 이야기 하나

모스크바에서 톨스토이가 19세기말 가족과 함께 살았다는 황토색 목
조건물 '톨스토이 집 박물관'에 들어서니, 현관 그 벽에 내가 가진 이 시
계와 똑같은 모양의 시계가 째깍째깍 움직이고 있었다. 이 집에서 〈부
활〉을 집필했다는데, 톨스토이의 그 시간을 이 시계는 기억할까.

사람을 만나고 싶다 / 소통한다 / 기쁘다

실망한다 / 아프다 / 운다 / 외롭다

다시 사람을 만나고 싶다. 그래서 글을 쓴다.

소통하고 싶다. 그래서 글을 쓴다.

옆에 같이 있지 않아 더 좋을 때도 있다. 우중충한 이야기를 같은 하늘 아래 있는 사람에게는 쉽게 할 수 없으니 말이다. 시간도 태양도 다른 곳이라면 아픔도 정열도 시차를 두고 희석될 것이라 마구 던져본다. 그래서 글을 쓴다.

다가가면 뜨거울까, 보고만 있으면 차가울까

다가가면 성가실까, 보고만 있으면 외로울까

머뭇거리다 글을 쓴다.

사람이 좋다. 그래서 나는 온몸을 다해서 달려갔다. 그 몸짓이 다독임이 아니라 생떼이고, 그 말이 속삭임이 아니라 외침이었음을 반백년 살아서 깨달으니 참 바보다.

그래서 글을 쓴다.

만남에는 즐거움도 있지만 항상 크고 작은 생채기를 남긴다.

내 상처는 아픔인데, 어제와 같은 오늘이 오늘과 같은 내일이 묵묵히 이어진다.

그래, 언젠가 알겠지. 기억에도 없는 한낱 흉터라는 것을.

그래서 지금은 소리 내어 말하지 않고 그냥 글을 쓴다.

만남이 기쁨의 시작이라면 헤어짐은 기쁨의 마지막이 아니라 슬픔의 마지막인지라 오롯이 슬픔이 아니다. 또 다른 기쁨을 위한 '기다림'이다. 그래서 글을 쓸 수 있다.

* * *

어릴 때 일본에서 공부를 한 덕에 번역 일을 오래 했다. 아이를 키우고 학위논문을 준비하면서 할 수 있는 참 좋은 일이었다. 보행기에 아이를 태우고 한쪽다리로 밀면서 키보드를 두드렸다. 이렇게 10년이 지나자 나도 내 이야기를 하고 싶어졌다. 그래서 내가 가진 지식을 총동원해서 일본에 관한 이야기보따리를 풀었다. 〈고선윤의 일본이야기〉라는 제목을 단 책을 두 권 출간했다. 그런데 또 다른 욕심이 생겼다. 일본이 아니라, 지식이 아니라, 내 가슴 깊은 곳에서 꿈틀거리는 뭔가를 잡기 위해서 호작질을 시작했다. 시간 속에서 외톨이가 되어서 헤맨 그 발걸음이 때로는 한줄의 글이 되고, 때로는 감당할 수 없는 긴 글이 되었다. 벌거벗고, 심장을 드러내 보이는 부끄러움에 머뭇거렸다. 숨기고 숨겨두었다. 그래도 외톨이가 도망갈 곳은 종이냄새 듬뿍 담은 활자 속 밖에 없음을 아는 지라 용기를 내어 뛰어들었다. 글이 책이 된다는 것은, 작고 작은 글쟁이에게 생에 두 번은 있을까 하는 큰 기쁨이고 영광이다.

하나의 꽃을 피우기 위해서는 그 씨앗이 간직하고 있는 고뇌와 인내의 이야기를 소중히 기억하는 대지가 있다. 비도 바람도 피하고 싹을 틔울 수 있게 지켜주는 누군가의 사랑과 관심이 있어야 비로소 꽃을 피운다. 흔들리고 자빠지고 또 뒤뚱거리는 나를 챙겨서 한 권의 책이 되기까지 보듬고 보듬어준 내 사랑하는 사람들에게 감사하고 또 감사한다.

고선윤